# エイヴォン記

JuNzo
ShOnO



庄野潤三

P+D
BOOKS
小学館

目次

# ブッチの子守唄

本棚の前に入り切らない本が積み上げてある。その中に文庫本ばかり積み重ねた山がいくつか出来ていて、読みたい本があるときは、その山を崩さないように気を附けながら探し出す。デイモン・ラニアンの短篇集『ブロードウェイの天使』(新潮文庫・加島祥造訳)は、五つほどある文庫本の山のうち、いちばん背の高い山の、山の頂きに近いあたりに載っかっているから、すぐ分る。

カバーの絵は、町の裏通りにでもありそうな食堂の、カウンターの前に帽子をかぶった客が坐っているところを描いたものだ。この短篇集のなかから私の好きな「ブッチの子守唄」というのを紹介したいのだが、その前にこの文庫本を買ったきっかけが何であったかということを先ずお話ししておかなくてはいけない。

三年前になるが、昭和六十年三月に日比谷の東京宝塚劇場で宝塚歌劇団月組によるブロードウェイ・ミュージカル『ガイズ&ドールズ』の公演が行われた。なぜブロードウェイ・ミュージカルかといえば、デイモン・ラニアンの短篇「ミス・サラ・ブラウンのロマンス」を原作とするミュージカル『ガイズ&ドールズ』は、一九五〇年の秋、ニューヨークの四十六丁目劇場で初演、一九五四年の夏近くまで千二百回のロングランを記録したものであるからだ。エイブ・バローズとジョー・スワーリングの脚本、フランク・レッサーの音楽。これを昭和四十二年の「オクラホマ!」から始まって、「ウエストサイド物語」「回転木馬」「ブリガドーン」とブロードウェイのミュージカルを続けて上演した宝塚歌劇団が十年ぶりに取り上げたというわけである。

私は当日、劇場でプログラムを見て、『ガイズ&ドールズ』がアメリカの作家デイモン・ラニアンの短篇を原作とするミュージカル・コメディであることをはじめて知った。デイモン・ラニアンは、戦後に亡くなった私の父の好きな作家であった。戦争が終った翌年くらいであったか、父が、

「デイモン・ラニアンというのは面白い」

と何度か私にいった。

進駐軍と一しょに入って来たペイパーバック版でラニアンの短篇集を手に入れて読んだらしい。それが何という題名の短篇集であったのかも覚えていない。父からその本を借りて読んでみようともしなかった。父にしてみれば、張り合いの無いことであったろう。

あるいは、もう読んでしまったからといって父がペイパーバックの一冊を私に手渡して、一読を勧めてくれたのに、私はあまり熱心に読んでみようとはしなかったのかも知れない。というのは、ずっと以前、私の本棚のなかにペイパーバックの〝TAKE IT EASY〟というのが一冊あって、それがほかでもないデイモン・ラニアンの本であったという記憶があるからだ。亡くなった父が気に入っていた作家だから、読んでみればよかったのに、読まなかった。それとも、読んでみようと頁を開いてはみたものの、知らない単語ばかり出て来て、書いてあることがうまく頭に入って来ないものだから、ちょっと手に取っただけで投げ出してしまったのだろうか。あの本は、どこへ行ったのか。それきり私は見た覚えが無い。

月組の『ガイズ&ドールズ』は、よかった。名作といってもいいような舞台で、私は満足した。デイモン・ラニアンは、ニューヨークのブロードウェイだけを描いた作家といわれている。それもタイムズ・スクエアからコロンバス・サークルまでの、劇場街とその裏側の界隈に限られていると、『ブロードウェイの天使』の訳者である加島祥造氏はいっている。『ガイズ&ドールズ』に登場するのは、賭場を開きたいのだが、警察の取締りがきびしい上に、めぼしい賭場が見つからない、いいところが見つかっても、前金を払わないと貸してくれないので困り果てているといったニューヨークの賭博師であり、何かうまい話がころがっていないかと町をうろつきまわっている悪党たちである。悪党には違いないが、みんなどこか抜けたところがあって、憎めない。とぼけたおかしみがある人物たちなのだ。

デイモン・ラニアンは、新聞のコラムニストとして活躍した人で、一九四六年に六十二歳で死去したが、晩年、重い病気にかかって話すことが出来なくなってからも、日頃の習慣にしていた、ペンを片手にブロードウェイをひとまわりすることだけは止めなかったという。ニューヨークの下町に住む人たちの、人情と滑稽に触れるのが生き甲斐であったのだろうか。

宝塚月組の『ガイズ&ドールズ』を観たその日に、私たち（というのは私と妻だが）と一緒にこのミュージカルを見物した友人のS君が、銀座の書店の本棚で新潮文庫の『ブロードウェイの天使』を見つけて買い求めた。その十二の短篇のなかに『ガイズ&ドールズ』の原作となった「ミス・サラ・ブラウンのロマンス」が入っていた。それから三日ほどして、妻は成城学園の本屋で『ブロードウェイの天使』を見つけて買って来た。で、私は父が亡くなってから三十五年たって、やっとのことで父が好きだったデイモン・ラニアンを読んだというわけである。

『ブロードウェイの天使』を読んだ私と妻の二人が、

「『ブッチの子守唄』は傑作だ」

とか、

「『血圧』は愉快だなあ」

とか、いっているのを聞いて、おそらくあの世で父は、

「今頃になって何をいっているのか」

といって、苦笑いしていたかも知れない。

ここらでそろそろ「ブッチの子守唄」に入らなくてはいけないが、その前にもう一つだけ、私がいま、宝塚歌劇三月・月組公演ガイズ&ドールズ（三月三日より三月三十一日までと日にちが入っている）のプログラムをひろげている仕事机の上の、小さな焼物の花生けに一輪の赤い薔薇が活けてあり、ふだんは書斎の中央にあるテーブルの切子硝子の鉢に花を活けてあるが、そうでなくてもいろいろな物が集まって来て混雑する仕事机の上には決して花を活けたりしない習慣なのに、なぜ薔薇があるかというと、一番咲きのその薔薇を近所に住む妻の友人で薔薇を作るのが上手な清水さんがほかの薔薇と一しょに届けてくれた夕方、妻がいつものように下さった薔薇の名前を尋ねると、その赤い薔薇はエイヴォンという名で、それを妻から聞いた私は、

「エイヴォン？　エイヴォンといえばイギリスの田舎を流れている川の名前だ。ほら、『トム・ブラウンの学校生活』のなかで、トムが学校の規則を破って釣りをする川が出て来るが、あの川の名がエイヴォンだよ」

といい、花もいいし花の名前もいいのをよろこんだので、妻がその「エイヴォン」だけを取り出して、いつもは花生けなど置かない私の仕事机の上に別に活けたからだということを書き

とめておきたい。

「ブッチの子守唄」に移ろう。

目次を見ると、題名の下に英語の原題が出ていて、それは〝Butch Minds the Baby〟とある。つまり、ブッチは赤ん坊の守りをする、という意味で、中身を読んでみると、なかなか味のある題をラニアンがつけていることに気が附く。子守唄、というのは訳者の加島祥造さんが工夫した題名で、この物語のなかでブッチは絶えず自分の連れている赤ん坊のことを気にかけて、こまめに面倒をみるけれども、別に子守唄を歌ったりはしない。だが、ブッチがどんなふうに（それどころではない状況のなかで）赤ん坊の世話をするかというのが、この短篇の、いわば見どころになっている。

しかも、そのブッチなる人物は金庫を開ける腕前ではミシシッピー河の東で肩を並べる者はいないと評判された男であり、おかげでシンシン監獄にこれまで三度も送り込まれている。そのうちニューヨークでは新しい法律が出来て、四回つづけてシンシン監獄に入る者は、一生シンシンにいなくてはいけないということになった。そこでブッチも金庫を開ける商売を止めて、酒の密売をする仕事に変ったが、やがてその仕事からも足を洗って、今ではまともな職業に就き、メリー・マーフィという若い女と結婚しておさまっているというのである。ブッチが守りをする赤ん坊というのは、ブッチとその若い女との間に生れた子供なのだ。

語り手の「おれ」というのが出て来る。ある晩、七時ごろにその「おれ」が「ミンディ」という店で魚料理を食べているところへ、ブルックリンを縄張りにする三人の暴れ者、馬づらのハリー、ちびのイザドー、スペイン野郎のジョンが入って来て、おれのテーブルに来て、椅子に坐り込み、おれの顔をじっと見ていたが、そのうち馬づらのハリーが、

「ビッグ・ブッチはどこに住んでるんだ。やつのところへおれたちを連れて行ってもらいたいんだ」

といい出すところから物語は始まる。

おれがしぶってみせると、馬づらのハリーは、

「ビッグ・ブッチと一緒にやりたい仕事があるんだ。奴の分け前も大きいぜ。だからおれたちをすぐに連れて行け」

といって聞かない。

そこで連中を十番街近くの西四十九丁目に連れて行く。ビッグ・ブッチはこの通りの古い家に住んでいる。その家の前まで行くと、入口の階段にビッグ・ブッチご本人が坐っているじゃないか。その階段には近所の者もみんな坐っている。この辺じゃ入口の階段に集まって涼むのが毎日の習慣なんだ。

ブッチのそばに毛布が敷いてあって、赤ん坊が寝かせてある。赤ん坊は眠っているらしい。ビッグ・ブッチは、ときどき新聞紙で赤ん坊に寄って来る蚊を追っ払っている。

「今晩は、ブッチ」

おれたちは石段の前で立ち止る。ブッチは赤ん坊を指して、「しいーっ!」という。その「しいーっ!」という声の方がおれたちの声よりよっぽど大きいや。立ち上ると、足に靴も履いていない大男のブッチは爪先でそーっと歩いておれたちのいる歩道のところまでおりて来た。おれはブッチの機嫌がよければいいがと本気で祈っている。この町では誰もビッグ・ブッチにふざけた真似はしないことになっている。それほど怖い男なんだ。だからブッチがこのブルックリンの連中、特に馬づらのハリーに昔馴染らしく頷いてみせたときは、おれもほっとして溜息をついたよ。すると、馬づらのハリーは挨拶抜きで、仕事の話を持ち出した。

話はこうだ。或る大きな石炭会社が四十八丁目の古いビルに事務所を持っている。この事務所の金庫に現金で二万ドル入っていることを馬づらのハリーは知っている。ハリーの友達でこの石炭会社の会計係をしている男が、今日の午後遅く、社員の給料をこの金庫へ入れたからだ。

この会計係はハリーたちとぐるになっていて、今日の午後、やつが銀行から事務所に給料の金を運んで行く途中で、この三人組に殴り倒してもらうことになっていた。ところが手違いがあって、打合せの場所で会えなかった。で、会計係は殴られもしないし金も奪われないままに事務所に帰って、現にいま、二つの部厚い札束が金庫のなかに転がっている。

三人組は何とかしてこの金を金庫から取り出したい。そこで馬づらのハリーが、昔、金庫を開けて暮していたビッグ・ブッチのことを思い出したというわけだ。で、ビッグ・ブッチに石炭会社の事務所の金庫を開けてもらって給料の金を取り出し、分け前はビッグ・ブッチに半分、あとの半分は三人が取り、そのうちから会計係にも支払うというのである。

ところが、ビッグ・ブッチは首を横に振るだけ。なぜかというと、今では金庫の出来が昔とまるで違う上に、非常警報の電線がそこら中に張られていて、仕事が面倒だ。それにおれは今、まともな仕事をしている。おれは今まで三度くらい込んでいる。四回になったら一生監獄から出られなくなる。それがブッチがうんといわない主な理由だが、もう一つ、大事な訳がある。

「それに今晩は、あの赤ん坊のお守りをしなきゃならない」

うちのかあちゃんが今晩、ミセス・クランシーのお通夜にブロンクスまで出かけて行った。今夜は帰れないだろう。だから、おれはジョン・イグネイシャス・ジュニアのお守りをするのだ——という。

そこで馬づらのハリーが、その金庫というのは旧式のやつで、電線なんか一本も張ってない、お前の腕ならあんな金庫、朝飯前だというと、ビッグ・ブッチも一万ドルのことを真剣に考え始めたようだったが、もう一度、首を振って、

「いや、だめだ。うちのかあちゃんは、赤ん坊のことになるとうるさいんだ。メリーが帰って来て、おれが赤ん坊のお守りをしてないと分ったら、おれはメリーにぶっ飛ばされてしまう。おれだってたまにはまとまった金をつかみたい。だが、おれにはやっぱり、ジョン・イグネイシャス・ジュニアが大事だからな」

そういうと、ブッチは話は済んだというように石段を上って、赤ん坊のそばに坐る。馬づらのハリーとちびのイザドーとスペイン野郎のジョンの三人はがっかりして立ち話をしていたが、そのとき、スペイン野郎のジョンが何かいい考えを思いついたのか、ハリーとイザドーに耳打ちする。ハリーはビッグ・ブッチのそばへ上って行く。すると、ビッグ・ブッチはハリーが何もいい出さない先から、「しいーっ!」といってハリーが口を開こうとするのを押えつける。ハリーはささやくような声で、

「なあ、ブッチ。赤ん坊も一緒に連れて行っちゃあどうだい? お守りと仕事と両方できるじゃないか」

「そいつはいい考えだ。よし、うちの中に入って相談しようや」

そこでブッチは赤ん坊を抱き上げ、おれたちを家の中に連れ込み、ビールを出す。アルコールで割ったビールだ。台所には赤ん坊用のベッドがあって、ブッチは赤ん坊をそこに寝かせる。赤ん坊はおれたちがしゃべっている間ずっと眠り通しだ。

しまいにブッチがこういう。ジョン・イグネイシャス・ジュニアさえ連れて行くことが出来れば、お前たちのために金庫を開けてやるのはちっとも構わない。ただし、赤ん坊の銀行預金としてもう五パーセント出してくれ。そうすればうちへ帰ったとき、女房から赤ん坊を夜中に連れ出すなんてどういうつもりとどなられた場合もいい訳がつく。

馬づらのハリーは不服で、五パーセント余分に出せなんてひどいといったが、スペイン野郎のジョンが、仕事をする現場に赤ん坊も居合せるんだから、赤ん坊に分け前を出すのは当り前だといい、結局、ハリーも諦めて、それじゃ五パーセント出そうということになる。

夜中の一時にブルックリンの三人組とビッグ・ブッチと赤ん坊、これだけの人数と一緒にこのおれもタクシーに乗って出かけた。ブッチはジョン・イグネイシャス・ジュニアを毛布にくるむ。ジョンはよく眠っている。ブッチは道具を入れた袋と、何か平べったい本みたいなものを持っている。それから、家を出るとき、おれに包みを一つ渡して、気を附けて持ってろという。ブッチはちびのイザドーにも、もう少し小さな包みを渡す。イザドーはそれをピストル用のポケットに突込んだが、タクシーに乗ってイザドーが席に坐ったとたん、何かが「ママアー」と声を立てる。イザドーは、ジョン・イグネイシャス・ジュニアのママー人形に腰かけてしまったのだ。

ビッグ・ブッチはジョン・イグネイシャス・ジュニアが目をさましたときに何か遊ぶものを

欲しがるだろうからと、このママー人形を持って来た、というわけだ。幸い、ママー人形はつぶれなかった。

石炭会社の事務室は一階にあり、通りに面している。問題の金庫は窓の反対側の壁に窓の方を向いて立っている。ビッグ・ブッチは事務室の中に入ると、金庫のそばに行って、例の平べったい本みたいなものをひろげる。それは一枚の屛風のようになり、片側に金庫を正面から見た絵がかいてある。ブッチはこの屛風を金庫の前の床の上に立てる。こうしておけば、金庫を開けるブッチの姿は、外を通る人間からは見えないわけだ。

ビッグ・ブッチは金庫の絵のついた屛風の内側の床に毛布を敷いて、そこへジョン・イグネイシャス・ジュニアを寝かせ、袋から道具を取り出すと、仕事にかかる。ちびのイザドーとおれは部屋の隅の暗いところに隠れるが、ブッチのやっていることはよく見える。

馬づらのハリーとスペイン野郎のジョンは、外で見張りをしている。

ブッチは先ず金庫の数字盤のまわりにドリルで穴を開け始める。音は殆ど立てない。そのとき、ジョン・イグネイシャス・ジュニアが毛布の上に起き上って、大声で泣き出す。ブッチは悠々と道具を下に置いて、ジョン・イグネイシャス・ジュニアを抱き上げ、小声であやし始める。だが、赤ん坊は泣き続ける。声も大きかったに違いない。窓の外では馬づらのハリーとスペイン野郎のジョンが寄って来て、心配そうに中を覗き込む。そのうち、ブッチはおれに、お前の持って来た包みをよこせという。包みを開けると、哺乳壜にミルクが入っている。ほかに小さなブリキの鍋が一つ。ブッチはその鍋をおれに渡して、どこかで水道を見つけて鍋にいっぱい水を入れて来いという。そこでおれは事務所の奥の部屋の暗いところを手さぐりで歩きまわり、やっと水道栓を見つけて鍋に水を入れ、ブッチのところに持って行く。ブッチは子供を片手にかがみ込み、包みの中から缶入り燃料ってやつを取り出し、ライターで火をつける。そうして鍋の中に哺乳壜を入れてミルクを温める。

熱くなりかけた湯の中に何度も指を突込んでみる。今度は哺乳壜の乳首を自分の口に入れて、吸ってみる。どうやら飲み加減になったらしくて、ブッチはジョン・イグネイシャス・ジュニアに壜を渡す。ジョンはそれを両手でかかえて吸い始める。そこでブッチはまた金庫の仕事に取りかかる。

金庫が思ったより頑丈なせいか、それともブッチの腕が鈍ったのか、ブッチはドリルを二本も折り、汗をかいてやっているけど、仕事ははかどらない。そのうちジョン・イグネイシャス・ジュニアはミルクを飲んでしまって、またぐずつき始める。ブッチは道具の一つをジョンに渡して遊ばせるが、やがてその道具が必要になってジョンから取り上げようとすると、ジョンは嫌がって大声で泣き出す。ブッチはそのまま道具を持たせて待っていて、やっとの思いでそっと取り上げる、こんな調子だから、仕事は長びくばかり。……

しまいにビッグ・ブッチは、少し爆薬を仕掛けて錠をゆるめるよりほかないとおれたちに小声でささやき、その用意に取りかかるのだが、その夜、ブッチは赤ん坊を抱いて家まで無事に帰ったことだけを報告して「ブッチの子守唄」の紹介をこの辺で終りにしたい。

# ベージンの野

ツルゲーネフの「猟人日記」（岩波文庫・佐々木彰訳）を久しぶりに取り出して読んでいる。これも本棚の前に積み上げられた文庫本の山にあったものだが、どうしたことか、目下のところ、（上）の方しか見つからない。（下）がどこかにある筈だが、五つほどある文庫本の山のなかに見つからないとすると（私は一通り探してみた）、ちょっと厄介だ。

というのは、本棚の中にも昔読んだ文庫本が並んでいるところがあるにはあるが、そこへ立ち入って望みのものを見つけ出すには、本棚の前に積み上げてある本やら切抜帳やらそのほか雑多なものを、床の上かどこかへ移して、本棚の戸を開けられるようにしなくてはいけない。そうなると大仕事だから、なるべくならそっとしておきたい。

それに私が、文庫本の山のなかに入っていない「猟人日記」の（下）の方を、何が何でも探し出して来ようとしないばかりか、今のところ、この（上）一冊だけを前に置いて悠々としているのには訳がある。「猟人日記」の（上）には、全部で十四篇収められているが、私の好きな「ベージンの野」は、こちらの方に入っている。私は前回のデイモン・ラニアン「ブッチの子守唄」につづいて、誰か外国の作家の短篇をひとつ紹介したいが、それには何がいいだろうと考えながら日を過していたのだが、この「猟人日記」(上)の目次を開いて眺めているうちに、「ベージンの野」が目に飛び込んだ。その題名を見て、私はどんな話なのか思い出したわけではなかった。ただ、何かしら快いものが私の記憶から浮び上って来るような気持がした。それは、道に迷ったおかげで、たまたま夏の一夜を同じ焚火のそばで明かすことになった五人の少年たちのスケッチなのである。

私はどんな話なのか覚えていなかったけれども、読み返してみて、「ベージンの野」をはじめて読んだとき、気に入ったことを思い出した。「猟人日記」(上)には、「ホーリとカリーヌイチ」とか「エルモライと粉屋の女房」、「隣人ラジーロフ」「クラシーヴァヤ・メーチのカシヤン」といった、題を見ただけでいったいどんな風貌の人物が紹介されるのだろうと心をそそられる作品が出て来るが、「ベージンの野」は一風変った趣がある。

こんなふうにして私は「エイヴォン記」の二回目に「猟人日記」より「ベージンの野」を取り上げて一しょに読んでみようという心づもりが出来たのだが、「ベージンの野」に登場するロシアの田舎の子供たち——フェーヂャとかパヴルーシャ、イリューシャ、コースチャ、いちばん年下のワーニャの話をするより前に、私と妻の夫婦が二人きりで暮しているところへ、ときどき現れる小さな女の子（それは私どもの孫娘なのだが）のことを紹介しておきたい。「ベージンの野」の少年たちのように大きくない。「エイヴォン記」の二回目が雑誌に載る少し前に、満二歳の誕生日を迎えたばかりなのだ。私たちの家から歩いて五分くらいのところの大家さんの家作に住んでいる次男の長女で、孫のなかでただ一人の女の子である。

「ベージンの野」に出て来る、いちばん年下のワーニャについて作者は、

「最後のワーニャには、初め気がつかなかった」

といっている。年が小さい上に、この子ひとり、筵《むしろ》をかぶっておとなしく身体をまるめて、地べたに寝ころんでいる。そうして時たま、筵の下から亜麻色の捲き毛をのぞかせるだけであったから、そんな子がいるとははじめのうち気が附かなかったのも無理はない。

「この子はせいぜい七つぐらいであった」

と書かれている。

私が紹介しようとしている孫娘の文子は、満二歳になったばかりだから、「ベージンの野」のワーニャよりもずっと小さい。夜の間、馬を野へ追い出し、夜明けとともに家へ追い返す少年たちの仲間には入れてもらえないだろう、もし男の子であったとしても。文子は、庭から入って来ると、いきなり藤棚の藤の幹によじ登ろうとして飛びつくような子供ではあるが、夏の夜を野原へ追い出した馬の群れの番をして焚火のそばにいるフェーヂャやパヴルーシャたちに、

自分も一緒に行きたいといっても、聞き入れてはもらえないだろう。何といっても、まだ小さいのだから。

或る日。夕方、図書室のベッドで本を読んでいたら、文子が買物の帰りの母親と一緒に来た。図書室とは、長男と次男が結婚するまで寝起きしていた部屋で、新しく壁際に本棚を作って、書斎から本を移したので、図書室と呼ぶようになった。私は午後の散歩から戻ると暫く書斎にいたあと、この部屋へ入って、子供のころ長男が寝ていた窓際のベッドにもぐり込んで本を読むのが日課になっている。

文子が来たことは、台所で妻の騒ぐ声がしたので分った。文子の好きなベッドだから、私たちの家へ来れば、必ず一度は突進して行って、這い上って遊ばなくては気の済まない窓際のベッドだから、場所を明けるために、読んでいた本を棚に戻して、部屋を出た。

廊下へ行くと、

「フーちゃんが来ました」

と妻が呼ぶ。

たちまち文子は廊下を走って妻の部屋へ駆け込む。いまは小田原に近い南足柄市にいる長女が、昔、勉強部屋と寝室にしていた小さな部屋だ。ベッドの上に縫いぐるみの「クマさん」と

「ウサギさん」が並んで寝かせてある。いつもは真先にこの「クマさん」と「ウサギさん」に飛びつくのだが、今日は机の前の椅子に坐りたいらしい。妻に椅子に腰かけさせてもらう。ついでにいうと、この勉強机は、長女が小学校に入学したときに買ったのだが、気に入って、新しいのに買い換えようといっても承知せずにずっと使っていたものだ。

妻が電気スタンドのスイッチを入れると、その間に文子は手を伸ばして、スタンドの前に立てかけてあった写真を取る。自分の家の、チューリップの花が咲いている庭で撮った「フーちゃんの写真」だ。

「これ、フーちゃんよ」

一通り写真を見終ると、今度は椅子をおりて、隣りの図書室へ。妻も私もあとについて行く。ここでいちばんに籐で編んだ「おうま」に乗る。白の薄地のブラウスに黄色のロンパースという涼しげな服装をしている。妻は、「おうま」の台を押してゆさぶりながら、「お馬の親子は仲よし小よし」と歌い出す。そばに突立って見ている私も、それに合せて、はやし立てるように歌う。

「いつでもいっしょに　ポックリポックリ歩く」

妻の話では、この「お馬の親子」は、長女が小さいとき、最初に妻が歌って聞かせた歌だという。それをフーちゃんに歌って聞かせるのだが、フーちゃんは自分では歌わない。「おうま」を走らせる方に夢中だ。

「おうま」が終ると、次はおもちゃの入った籠から赤いボールを取り出して、ころがす。自動車をつかんで、床の上で動かしてみせる。

さて、それから窓際のベッドへ突進する。飛び上る。妻が枕もとのスタンドのスイッチを指で押えてやる。明りがつく。もう一つのスイッチを押してやる。消える。しばらくスイッチの点滅あそびがつづく。

図書室で遊ぶのが終ったら、居間でメロンとお茶。小さく切ってもらったメロンをフォークに刺して口へ運ぶ。コップに注いだ冷やしたお茶を飲む。のどが乾いていたらしく（暑い一日であった）、もっと注いでと催促して、両手でコップを持って飲む。

帰りがけ、玄関で片方の足を大きな「じいたん」の靴に入れながら、ひとりで何かしゃべっていた。自分の靴は、お母さんの靴の横に脱いであった。あれは何をいっていたのだろう。分らない。あとで夕食のとき、その話を妻にした。

妻の話。夕方、如露を持って玄関の前に水を撒いていた。そのとき、フーちゃんが来た。ミサヲちゃん（母親）はバギーを畳んで、担いでいた。フーちゃんはひらき戸につかまって早く中へ入ろうとするけれども、ひらき戸は外側へ開くので、入られない。困った。気ばかり焦る。玄関の戸が開いたままになっていた。で、そこからフーちゃんは家の中へ入った。暫く会わないのでフーちゃんの顔が見たくて見たくて、見に行こうかと思ったけど、書斎の硝子戸拭きをした。そしたら、来てくれた。……

「ベージンの野」に入る前に、私の仕事机の上の小さな焼物の花生けに、一輪の赤い薔薇が活けてあり、それが二番咲きのエイヴォンであることをお知らせしておきたい。いつも丹精した畑の薔薇を届けて下さる近所の清水さんが持って来てくれたときは、小さな、固い蕾であった。

「二番咲きのエイヴォンですけど」

そういって妻に薔薇を渡した清水さんは、「蕾が固いので、ひょっとすると開かないかも知れません」

それから、二番咲きの薔薇は、蕾が開いてもすぐに散りますと附け加えたそうだ。あとで妻が私にそういった。

確かに清水さんのいった通り、最初はこれが前に頂いた一番咲きのエイヴォンと同じ薔薇だろうかと思うような、固い、小さな蕾であった。蕾のなかから、そういわれれば赤いものが見える。なるほど、その赤がエイヴォンの赤なのかというくらいの固い蕾であった。葉を見れば、確かに薔薇の葉だ。

妻は、はじめ居間のテレビの上の備前焼の花生けに活けた。ところが、二日ほどして、その固い、小さな蕾がひろがりかけているのに気が附いて、書斎の机の上の花生けに移した。その蕾が開いて、小さいながらエイヴォンになった。

清水さんに会ったら、エイヴォンの蕾が開きましたと報告します、と妻はいっている。一番咲きのエイヴォンを頂いて、仕事机の上の花生けに活けていたとき、これが終りになったら、もうエイヴォンは見られないかも知れないと私は思いながら、ふっくらとした薔薇を眺めていた。名残を惜しみながら、見ていた。ふたたび、私はエイヴォンに会って、よろこんでいる。一番咲きのにくらべると、うんと小ぶりになったけれども、今度は私の机の上で開いてみせてくれたエイヴォンである。

では、「ベージンの野」を読んでみることにしよう。

七月のよく晴れた日のこと（天気が長く続いたあとだった）、私はトゥーラ県のチェルン郡へエゾヤマドリを撃ちに行った。一日歩きまわり、一ぱいになった獲物袋が肩に食い込む頃、私はやっと家へ帰ることにして、丘に登った。ところが、右手にカシワの木立があって、遠くに低い白壁づくりの教会のある、いつも見なれた平地が見えると思ったのに、意外にもまるきり別の、見覚えのない景色が目の前に現れた。

「おや、すっかり道を間違えたぞ。右へ右へと寄り過ぎたのだ」

私は大急ぎで丘を下りた。今度は谷底に生い茂った丈の高い草が濡れていて気味が悪い。急いで向う岸へ這い上り、ヤマナラシの林に沿って歩き出す。やっと林の外れまで辿り着いたが、道らしいものは無い。ここはいったいどこだろう？　やがて私は、「や、ここはバラーヒンの藪だな」と叫ぶ。「だが、なんだってこんなところへ来てしまったんだろう。こんな遠くへ？……おかしい。さあ、今度はまた右へ取らなくちゃならない」

私は灌木の中を歩き出した。夜が夕立雲のように迫って来て、あたりのものは何もかも、見る見るうちに黒いとばりに包まれ、静まり返って、ときどき鶉《うずら》の鳴く声が聞えるばかりである。空に星がまたたき始めた。

「いったい、ここはどこなんだろう？」

私は声に出して同じことを繰返し、足を止めて、相談でも持ちかけるようにイギリス種の猟犬ディアンカを見やった。だが、利口なこの犬も、ただ申しわけに尻尾を振り、疲れた目をしばたたくだけであった。

なおも当てずっぽうに歩きつづけた末、もうどこかで朝まで野宿しようという気になりかけたそのとき、崖の下に平野をめぐって広い川が流れ、その川のほとりに焚火をしている人びとの姿が見えるところへ出て来た。

私はやっと自分の迷いこんだところが分った。これは「ベージンの野」と呼ばれて有名なところである。私は焚火をしている人たち（多分、家畜商人だろう）の仲間に入れてもらい、夜明けを待とうと心に決めた。

ところが、火のまわりに坐っているのは家畜商人ではなかった。近隣の村の百姓の子供らで、馬の群れの番をしているのであった。この地方では、夏の暑い頃になると、夜分、馬を追い出して、野原で草を食べさせる。昼間は蠅や虻がうるさいからである。馬の群れを夕刻前に追い出して、翌朝、夜明けに追い返す。これが百姓の子供らにとっては非常な楽しみなのである。

私は道に迷ったことを子供らに話して、そばに腰をおろした。子供らは私にどこから来たのかと尋ね、わきへ寄ってくれた。私はぐるりを馬にかじられた灌木の下に横になって火のまわりにいる少年たちを眺めた。五人の中で一番年上のフェージャは十四歳ぐらい。裕福な家庭の子らしく、きれいな顔だちで、いつも楽しそうな微笑を浮べている。次のパヴルーシャはどう見ても器量よしとはいえない。身体もずんぐりしているが、利口そうに、悪びれることなく人の顔を見つめるこの少年が私は気に入った。

三番目のイリューシャは間のびのした顔で、低いフェルト帽をしょっちゅう耳の上まで引っぱりおろしていた。パヴルーシャもイリューシャも、見たところ十二を越してはいない。四番目のコースチャは背が低く、やせていて、身なりもみすぼらしい。物思わしげな、悲しそうな目つきをしている。十歳ぐらい。最後のワーニャは、前にいったように、筵をかぶっておとなしく地べたに寝ころんでいるので、はじめは気が附かなかった。ワーニャは、せいぜい七つぐらい。

焚火には小さな鍋がかけてあって、中でじゃがいもが煮えている。パヴルーシャが番をしていて、ときどき湯の中に木切れを突込んでいる。

子供たちはぽつりぽつり話を始めた。はじめのうちは、明日の仕事のことや馬のことなどととりとめもなく話していたが、急にフェーヂャがイリューシャに向って尋ねた。

「すると、何かい。お前はほんとに家魔《ドモヴオイ》を見たことがあるのかい？」

「見たことはないよ。家魔《ドモヴオイ》は見えないんだもの」

と、しゃがれた声でイリューシャが答える。

「声を聞いたんだよ。それもおれ一人じゃないんだ」

そこでフェーヂャは、どこに出るんだいと訊き、イリューシャは古い方の紙すき場だよという。フェーヂャはなおも、どうやって家魔《ドモヴオイ》の声を聞いたんだいと尋ねる。

明日は仕事がうんとあるんだから家へ帰らないでくれと監督にいわれたイリューシャは、アヴヂェーシカ兄《あん》ちゃんとフョードル・ミヘーエフスキイと、イワーシカ・コソイと、ほかに仲間が十人ぐらいいたが、みんなで紙すき場に泊ることになった。すると、アヴヂェーシカが、おい、みんな、家魔《ドモヴオイ》が出たらどうするといい出した。

アヴヂェーシカがしまいまでいい切らないうちに、急に誰だかおれたちの頭の上を歩き出した。みんながごろ寝をしている頭の上の、水車のあたりを歩き出した。歩くたんびに踏み板がしなって音がする、おれたちの頭の上を通り過ぎたかと思うと、急に水が水車に落ち込む音が聞え、水車が音を立ててまわり出した。樋の口は外してあったのに、誰がそれを持ち上げたのか。でも、水車はしばらくまわったら止って動かなくなった。やがて足音がまた始まり、梯子段をつたっておりて来る。そのうちにおれたちの部屋の戸口に近づいて、しばらく様子をうかがっているようだったが、いきなりさっと戸が開け放された。おれたちは肝をつぶしたけど、何もいない。ところが、ひょいと見ると、桶のそばのこし網がのこのこ動き出して、持ち上り、水に一度浸ったかと思うと、まるで誰かが揺すっているみたいに空中を行ったり来たりする。それから誰かが戸口の方へ行ったようだと思ったら、だしぬけに大きな声で羊かなんかみたいに咳をしはじめた。おれたちみんな一かたまりになって倒れると、われがちに他人の下にもぐり込もうとした。あのときはほんとにおったまげたなあ！

みんながしばらく黙った。

「どうした、じゃがいもは煮えたかい？」

とフェーヂャが訊いた。

「いや、まだ生《なま》だよ。……ほら、跳ねたぞ。きっとかますだ。……あ、流れ星だ」

とパヴルーシャ。

「おい、みんな、今度はおれが話すよ」

コースチャがいい出した。

「いいかい、ついこの間父ちゃんに聞いた話さ」

「よし、聞こう」

と、フェーヂャが兄貴顔でいう。

コースチャは、村の大工のガヴリーラがどうしていつも陰気な顔をして黙りこくっているか、そのわけを知ってるかい、という。

父ちゃんが話してくれたけど、あるとき、森へ胡桃を拾いに行って、道に迷ってしまった。そのうちに夜になった。仕方がないからガヴリーラは木の下に腰をおろして夜の明けるのを待つことにした。うとうとしかけたと思ったら、誰かが自分を呼ぶ。目を開けてみても、誰もいない。眠りかけると、また呼ぶ声がする。もう一度よくよく見ると、前の木の枝にルサールカ、水の精が腰かけていて、身体をゆさぶりながら、ガヴリーラにおいで、おいでをしている。そうして、自分じゃおなかをかかえて笑いこけている。見れば、身体中が透き通るように白くて、鯉か鮒みたいに白っぽくて銀色なんだ。大工のガヴリーラはもう少しで立ち上って、水の精のいいなりになろうとしたが、神様が教えて下さったんだな、思わず胸に十字を切ったんだって。

すると、水の精は笑うのを止めて急に泣き出した。ガヴリーラは水の精に訊いてみた。

「おい、森の魔物。なんだって泣くんだ？」

水の精はこう答えたそうだ。お前が十字を切らなかったら、私と一しょに生涯楽しく暮せたのに。けれど、私一人が嘆くようなことはしないさ。お前も生涯嘆くようにしてやるから。それからだよ、いつもああやって陰気な顔をして歩いているのは。

コースチャの話が終ると、フェーヂャが、「お前のお父つぁんが自分で話して聞かせたのかい？」といった。

「そうよ。おれ、天井床に寝ていて、すっかり聞いたんだもん」

「それにしてもガヴリーラが、くよくよすることはないだろうに。してみると、水の精はガヴリーラが気に入ったんで、それで呼んだんだな」

フェーヂャがそういうと、

「うん、気に入ったんだよ！」

とイリューシャが合槌を打った。

「そうだとも！　水の精はガヴリーラをくすぐってやろうと思ったのさ。きっとそうだ。それがあいつらの、水の精のお得意なんだから」

みんなが話をやめた。どこか遠くの方で、うめくような物音が、長く尾を引いてひびき渡った。それは時折、深い静寂の中から起って、しばらく空中に漂ったのち消えてゆく、あの不思議な夜の物音の一つだ。少年たちは顔を見合せて、身ぶるいした。

「おい、みんな、なにをびくびくしてるんだ。見ろ、じゃがいもが煮えたぞ」

とパヴルーシャが叫ぶ。少年たちは鍋のそばに近寄って、湯気の立つじゃがいもを食べ始めたが、ワーニャだけ筵の下から這い出して来なかった。鍋はたちまち空っぽになった。

「おい、みんな、聞いたかい」

とイリューシャがいい出した。

「この間、おら方のワルナーヴィツィであったことを?」

「あの土手の上でかい」

とフェーヂャが訊いた。

「うん、うん、切れた土手の上であったことよ。フェーヂャ、お前は知らないだろうが、あそこには土左衛門が埋めてあるんだぞ。ずっと昔、池がまだ深かった時分に身投げしたんだ。今は墓があるだけ。それもやっと分るくらいだ」

「それで、何があったんだい？　聞かせろよ」

とフェーヂャ。

「つい四五日前にお屋敷の番頭が猟犬番のエルミールを呼んで、エルミール、駅へ行って来いっていったんだ。それでエルミールが馬に乗って郵便を取りに行って、町でぐずぐずしていて、帰りにはもういい加減酔っていた。明るい晩で、月が出ている。さて、馬に乗ったエルミールが土手にさしかかった。見れば、土左衛門の墓の上を、真白な可愛い仔羊が歩きまわっている。そこでエルミールが、よしきた、つかまえてやろう、みすみす見逃すことはない、と思って、馬をおりて両手で抱き上げた。エルミールが仔羊を抱いて馬のそばに来ると、馬は目をむき、鼻を鳴らして、しきりに首を振る。馬をなだめて、仔羊を抱いて馬に乗り、先へ進んだ。仔羊を胸に抱いてよ。エルミールが仔羊を見ると、仔羊もじっとまともにエルミールの顔を見つめる。猟犬番のエルミールは気味が悪くなった。羊がこんなにしげしげと人の顔を見るなんて聞いたこともない話だ。で、仔羊の毛をなでて、羊や《ビャーシャ》、羊や《ビャーシャ》といったら、羊のやつもいきなり歯をむき出して、羊や《ビャーシャ》、羊や《ビャーシャ》といったそうだ」

火のそばにいた二匹の犬が飛び起き、けたたましい声で吠えながら駆け出し、たちまち闇の中に姿を消した。少年たちはみなぎょっとした。ワーニャは筵の下からとび出し、パヴルーシャは大声を上げながら犬の後を追っかけて行った。おびえた馬の群れが右往左往する蹄の音が聞える。パヴルーシャが大声で、「白《セールイ》!」「黒《ジューチカ》!」と叫んでいる。やがて犬の吠え声は静まった。子供たちはけげんそうに顔を見合せる。……不意に、馬を飛ばして来る蹄の音がする。馬は焚火のそばにとまった。パヴルーシャが馬から飛び下りた。二匹の犬も焚火の光の輪の中に跳び込んで、そこに坐った。

「何がいたの。どうしたの」

と子供たちが訊く。

「なんでもないよ」

手で馬を追いのけて、パヴルーシャが答える。

「犬が何か嗅ぎつけたらしいんだよ。おれ、狼かと思った」

パヴルーシャは、せわしく胸全体で息をしながら、平気な声でこう附け加えた。私は思わずパヴルーシャの顔に見とれた。棒切れ一つ持たず、夜の闇の中を、少しもためらうことなく、たった一人で狼を目ざして馬を飛ばしたのだ。

「お前たちは何かい、狼を見たことがあるのかい？」

と臆病者のコースチャが尋ねた。

「ここらにゃいつだって沢山いるよ」

とパヴルーシャが答えた。

「でも、暴れるのは冬だけさ」

パヴルーシャは、一匹の犬の頸筋に手をのせてやってから、焚火のそばに坐った。ワーニャはまた筵の下にもぐり込んだ。

「イリューシャ、さっきの話はこわかったなあ」

と、フェーヂャが話し出した。

「お前たちのあそこが気味の悪いところだってのは、おれも確かに聞いたことがある」

少年たちの話はまだつづきそうだが、そろそろこの辺でベージンの野の、焚火のそばの馬の群れと少年たちにお別れしよう。

# エイヴォンの川岸

私の仕事机の上には、もうエイヴォンは無い。小さい花生けも無くなっている。近所の清水さんが自分の畑から持って来てくれた二番咲きの赤い薔薇のエイヴォンが仕事机の花生けにあって目を楽しませてくれてから、日にちがたった。

今回は、赤い薔薇のエイヴォンではなくて、エイヴォン川の話をしたい。「エイヴォン記」の第一回のはじめの方に、清水さんが届けてくれた一番咲きの薔薇の名前を尋ねるとエイヴォンという名で、それを妻から聞いた私が、

「エイヴォン？　エイヴォンといえばイギリスの田舎を流れている川の名前だ。ほら、『トム・ブラウンの学校生活』のなかで、トムが学校の規則を破って釣りをする川が出て来るが、あの川の名がエイヴォンだよ」

といい、花もいいし花の名前もいいのをよろこんだというくだりがあったのを思い出して頂きたい。

エイヴォンという名を耳にして、先ず最初に思い浮べるべきものは、シェイクスピアの生れたストラットフォード・アポン・エイヴォン、あるいはストラットフォード・オン・エイヴォンであるかも知れない。私もそれを考えないわけではなかったが、シェイクスピアよりも先にトム・ブラウンの名を持ち出したのは、慈愛深い両親の膝もとを離れてラグビー校に入学したトム少年が英国独特のパブリック・スクールの寮の生活のなかでどのように成長して行ったかを振り返る物語の方が親しみが深く、妻にも一読を勧めた覚えがあるからだろう。中でも仲のいい級友イーストの釣竿を借りて、ラグビー校のそばを流れるエイヴォン川の、釣りをしてはいけないことになっている地主側の川岸の大きな木の下で釣りをして、地主の番人につかまる場面は印象に残っている。

では、『トム・ブラウンの学校生活』(岩波文庫・トマス・ヒューズ作・前川俊一訳)のなかからエイヴォン川の出て来るところを取り出して紹介したい。これも私の身近なところに、本棚の前に積み重ねた文庫本の山のどこかに入っている。上下二冊に分れている。(上)が先に見つかった。幸いラグビー校とエイヴォン川とのかかわりのある話は、この(上)の終り近くに出て来る。第九章「数々の事件」のなかにある。

エイヴォン川も、ラグビーを通る辺は、ゆるやかな流れになっていて、……

という行が、頁を繰っている私の目に入った。ここだ、ここだ。うぐい、あかはらなどが多く、小かますがちらほら見受けられるが、食物にするほどの魚は全くないと書いてある。

しかし、この川は水泳にはおあつらえ向きである。泳ぐのに都合のいい小さな淵がいくつもあって、しかも学校から歩いて楽に二十分以内で行けるところにかたまっている。そこで、この一マイルにわたる川の区域は、生徒らの便宜を計って、学校の理事会が水泳の目的のために借り切っている。

途中に「プランクス」といって、川の両岸の平坦な牧草地に五、六十ヤードも古い一枚板の橋が突き出ているところがある。冬にはよく氾濫するので、この橋を渡って川を横切るようになっている。この「プランクス」の川上に年下の連中の水浴場がある。スリースというのが第一の水浴場で、ラグビー校の新米の生徒はみんなここから始めることになっている。水泳監督というのがいて、事故を防ぐために学校から給料を貰って夏の間、毎日川へ来ている。三人いる。この水泳監督に相当うまく泳げることを認めてもらうまでここに留まっていなくてはいけない。ここを卒業すると、約百五十ヤード川下のアンスティに行くことを許される。

このアンスティには深さ約六フィート、直径約十二フィートの深間がある。ここをいたずら小僧どもが、あっぷあっぷやりながら、どうにかこうにか泳ぎ渡る。背の立たないところを泳いで渡ったというので、よほどえらい人間になったような気になる。

「プランクス」の川下には、もっと大きい深間がいくつかあるが、その最初に来るのがラティスローであり、最後のがスウィフト――これは十フィート乃至十二フィートも深い部分があり、有名なところである。このスウィフトは上級生の六級生及び五級生の専用になっていて、跳躍台と二組の段梯子が備えつけてあった。ほかの個所にはそれぞれ一組の段梯子があって、低学年の生徒が使っていた。ただし、各寮の生徒はそれぞれ特にどれかの深間に次第に寄りかたまってゆく傾向があり、この時分、わがトム・ブラウンの所属する校長寮の連中は、ラティスローが気に入っていて、魚のように泳ぎのうまくなったトムとイーストは、夏中、一日いつも二回、時には三回、ここに姿を現わしていた。

さて、エイヴォン川での釣りの話に移る。ラグビー校の生徒は、川のこの区域の全体にわたって、勝手に魚釣りをする権利があるものと思っていた。そしてこの権利は（もしあったとしても）ラグビー校寄りの水域にのみ限られているのだということを、どうしても聞き入れなかった。ところで、対岸の地主である紳士は、暫くの間、何の干渉もせずに放っておいてから、突然お抱えの番人どもにご自分の側の川岸で生徒に釣りをさせないように申し渡した。そのため、番人どもと生徒の間にいざこざが起るようになった。はじめは口論、果てはつかみ合いまで始まり、番人の一人が水に突込まれるという騒ぎになった。地主と番人は、犯人をつきとめるために、点呼の時間にわざわざ大講堂まで出向いた。生徒一般の感情がひどく昂ったので、週番の四人の監督生は、大声で「しずーかーに」と講堂内を呼び歩かねばならなかった。

そのときの主だった犯人は、鞭打ちの罰を受け、禁足を申し渡された。おまけにその後、地主の番人は生徒たちに釣りをさせないために、見張りをますます厳重にするようになった。トムたち校長寮の連中は、かかる横暴な仕打に対し、自分らの遊びを差止められたことに対する抗議として、ありとあらゆる方法で魚釣りを始め、特に夜釣りをやった。この魚釣狂時代が長く続いたならば、町の外れの小さな釣道具屋は、一身代作り上げたことだろう。理髪店までが何軒か釣道具を仕入れるようになった。

生徒らといえば、昼間の大半を川岸で過した。泳ぎに飽きると対岸に姿を現わして、釣りをしたり、夜釣りの糸を仕掛けたりなどして、地主の番人らの姿が遠くに見えるようになると、川に飛び込んで泳いで帰り、ほかの水泳仲間と一緒になる。番人の方でも川を横切ってまで追っかけるようなことはしなかった。

こんな対立がつづいていた或る日のことである。トムと三、四人の仲間がラティスローで水浴びをしていた。向う岸の夜釣りの糸を引き上げて、仕掛け直したあとで、みんな水から上って、身支度にかかっていた。そのとき、猟の服を着た地主の番人が対岸をやって来るのに気が附いた。彼は新参の番人であったが、向う岸まで来ると、こういい出した。

「私は、お坊ちゃん方が、たった今、こちら側で釣りをしておられるのを見かけましたよ」

「いよー、こんちは。君はだれだね。御商売は何だい、別珍のおじさん」

その番人は別珍の、木綿で織ったビロードの猟服を着ていたのである。番人は、自分は新しく来た副番人だが、旦那様から君たち若い衆によく気を附けろといわれている、わしは本気でやるつもりだから、こちら側へ来ないようにして貰いたい、といった。

この警告に対してイーストは、貧弱な雑魚を一、二ひきと小かますを一尾、差し上げて、

「ほーら、ご覧よ。おじさんは匂いでこの魚がどちらの岸に棲んでいたか、当てられるかい」

と叫ぶ。トムはそれに続いて、

「いいこと教えて上げようか。おじさんは、上級の連中のいるスウィフトに行ったがいいね。あの連中は仕掛糸の名人と来ているから、五ポンド級の魚を釣る秘訣を教えてくれるよ」

と叫び、向う岸の新しい副番人をさんざんからかった。からかわれた番人は、後日に備えて憎らしい口をきくこの生徒の顔をよく覚えておこうというのか、わが主人公トムを見つめた。トムの方でも番人を見返し、それから大声で笑って、校長寮のおはこの歌の途中を歌い出した。おいらがわなを仕掛けていると、猟場の番人見つめていたっけ。そんなことおいらは、ちっとも構わぬ。組打ち、殴り合い、何でもござれ、いずこへなりと御希望次第……という歌だ。ほかの連中もこの歌を合唱し始め、番人はぶつぶついいながら立ち去ったが、このままでは済ま

さんぞという気配がありありと見えた。そうして、みんなの先頭に立って番人をからかったトムは、やがてその報いを受けることになるのだが、その第二幕に入る前にラグビー校のトム・ブラウンやイーストたちの話からちょっと離れて、最近、私たちを驚かせた二歳になる孫娘の文子の行状について報告したい。

午後の散歩から戻ると、

「フーちゃんが来ています」

と妻がいう。

この日は、最初からよくないことがあった。買物の帰りの母親と一緒に道を歩いていて、転んだ拍子に唇を切った。血が大分出たらしい。道でひと泣きした。家へ来たとき、妻がグレープフルーツを食べると訊くと、ミサヲちゃん(母親)が、グレープフルーツだと傷にしみますからといった。それでアイスクリームを出した。冷たいお茶も飲んだ。自分のコップのお茶を飲んでしまうと、母親のコップにお茶を注げといった。フーちゃんは物をいわない子だから、身ぶりで知らせたのだろう。ミサヲちゃんが寒いからいいわというと(梅雨明けが遅れて、肌寒い日が続いていた)、そのコップを両手で持って自分で飲んだ。

妻の話では、そのあと、家の中を走りまわっていたらしい。元気があり余っている様子であった。転んで唇を切ってひと泣きしたことなんか忘れてしまっているように見えた。

そのうち、帰る時間になって、庭のくつぬぎの上にある靴を母親に履かせてもらった。このときはおとなしく履いた。荷物があったので、妻がその包みをさげて送って行った。海のそばにいる友人からその日、宅急便で届いた鰹と鯵をお裾分けしたのであった。

家の前の坂道を少し下ったあたりで、フーちゃんは、大声で泣き出し、道の端に寝ころんでしまった。どうして不意に泣き出したのか、分らなかった。寝転がって、動こうとしないから、ミサヲちゃんは困った。

「バギーに乗るか、歩くか、自分で決めなさい」

といった。

すると、フーちゃんは母親の手を持って引張って、今出て来た家の方へ歩き出した。ぐいぐいとこって牛みたいに(とそのときの様子を話した妻がいった)歩き出した。そうして、到頭、門の前まで母親を引張って行った。

一方こちらは、三人が出て行ったあと、書斎にいると、子供の大声で泣く声が聞える。その泣き声が近づいて来た。どうやらフーちゃんの声らしい。硝子戸から外を見ると、門の戸の前にフーちゃんがいて戸につかまり、ミサヲちゃんが横に立っていた。どうして戻って来たのか、分らない。そこで、玄関から突っかけを履いて出て行った。すると、ミサヲちゃんがフーちゃんを抱いて坂を下りて行った。バギーのところに妻が荷物を持って立っていた。

私が出て行ったときは、フーちゃんはもう泣き止んでいた。そのあと、妻が片手に鰹と鰺の入った袋をさげ、片手でバギーを押して、二人を家まで送って行った。

次の日、昼前のいつもの散歩の時間に、道を歩き出しながら、妻は、

「昨日はフーちゃん、荒れましたね」

といった。

今まで一度もそんなことは無かったから、驚いた。帰りかけて、途中から引返して来るというようなことは無かった。殆ど物をいわない、口に出して何やかやしゃべるということをしない子だから、さっぱり訳が分らない。

「どうしたんだろう」

「遊び足りなかったのかしら」

と妻がいう。

「うちへ来たら、あれをして、これをしてと、遊びたいことがいくつもあるんでしょう。縫いぐるみのクマさんとウサギさんを抱きかかえて、自分が何か食べたあと、クマさんにもウサギさんにも同じものを食べさせてやるとか、籐のお馬に乗るとか、図書室のベッドに這い上って、はね廻るとか。そのうち、どれか一つをし残したのに気が附いたのかも知れませんね」

それで、声に出していえないから、ミサヲちゃんの手をつかんで、ぐいぐい引張って坂を上って行ったというのである。門の前まで来たものの、そこへ私が突っかけを履いて出て来たので、諦めてミサヲちゃんに抱かれた——と妻はいう。だが、そんなふうに説明をしてみても、なぜ帰りの坂道の途中であんなに大声で泣き出したのか、道路に寝ころんで母親を手こずらせたのかは——やはり、よく分らない。

もう一つ私の孫娘の行状について書きとめておきたいことがある。

いまお話しした出来事から十日ほどたった日のことだ。

昼前、小糠雨の降る中を、妻がフーちゃんの誕生日の贈物の絵本と、八月に伊豆の海へ行くときに履くサンダルを届けに行くのについて行った。絵本は、前の日、日本橋へ用事で出かけたとき、丸善で妻が買った。サンダルは前に新宿の百貨店で買って来たが、履かせてみると少しきつかった。店員が、お取り替えしますといったので、次の日、持って行って、一つ大きい寸法のサンダルに取り替えてもらった。この時は私も妻と一緒に行った。八月はじめに伊豆へ行くのにフーちゃんの水着とサンダルが要る。水着はミサヲちゃんが好みのものを買うというので、「それならサンダルを買わせて」と妻がいって買って来た。

次男夫婦は、長男夫婦と同じ大家さんの向い合せの家作にいる。何か届ける物があるとき、妻はいつも長男の家へ先に寄るようにしている。この日も黒豆の煮たのを持って来ていたので、次男のいる借家の庭の横を通って、あつ子ちゃん（長男の嫁）の方へ先に行った。

次男の家の濡縁のところにフーちゃんが立って、こちらを見ていた。あつ子ちゃんに黒豆の煮たのを渡してから（そうしておくと、あとで必ず次男の方へ半分分けてくれる）、フーちゃんの家の庭のひらき戸を開けて入って行った。あつこちゃんも一緒に来た。

「お誕生日おめでとう」

と妻がいった。

フーちゃんは訳が分らないままに恥かしそうに笑った。ミサヲちゃんが出て来る。濡縁のところで先ず絵本を渡す。フーちゃんは包み紙を自分で破ろうとする。妻が絵本を開いて見せて上げる。表紙も中身も、全部猫の絵だ。フーちゃんが特別に猫が好きというわけではない。ただ、私たちの家へ来たとき、図書室の本棚からよく取り出して頁を開いてみる絵本がある。阪田寛夫の詩、織茂恭子の絵の『ちさとじいたん』（佑学社）。その表紙の、ちさがじいたんと野原で遊んでいるところをかいた絵の遠くの方に一匹の黒い猫がいる。

本を読むと、中にその猫が登場する。「ごちゅうもん」という章で、ちさがお客様のじいたんにご馳走している場面を、黒い猫が見ている。その絵がフーちゃんは気に入っている。ただし、妻がそばから、

「ニャンニャン、いる」

といっても、自分は何ともいわない。ただ、手に持った絵本を顔に近づけて、猫のところに自分の口をつけるような仕草をすることがある。親愛の情を示そうというのである。『ちさとじいたん』に出て来る猫がフーちゃんのお気に入りなので、妻は猫の絵本を買ったらしいが、こんなにはじめからしまいまで猫ばかりでは、フーちゃんも困るかも知れない。

絵本が終って、今度はサンダルを箱から取り出して、足に履かせてみた。最初に買って来たのは、甲のところが少しきつかった。今度のはうまく、楽に入った。フーちゃんは履かせてもらうと、すぐに隣りの部屋へ行った。ミサヲちゃんが、

「鏡で見るんです」

と笑いながらいった。

庭先から隣りの部屋を見たら、なるほど、大きな鏡が部屋の奥にあった。（次男のいる借家は、この隣りの部屋と、こちらの部屋の二間きりである）

戻って来たフーちゃんは、笑いながら母親の背中に顔を隠そうとする。あつ子ちゃんが、

「あら、フーちゃん、照れてる」

という。

赤いサンダルを履いたフーちゃんは、お母さんの背中に隠れてしまった。私と妻はすぐに帰

った。フーちゃんは、まだ恥かしそうにしていて、顔の前で手を振ってみせる、いつもの「バイバイ」も、しなかった。

エイヴォンの川岸へ戻ろう。

そのうち、いよいよとびけらの飛び交うシーズンになって来た。

おだやかな、靄のかかった夏の天気が続くと、エイヴォン川岸の豊かな牧草地に沿って、緑色や灰色の蝿のたぐいが幾千となく、芦や川面や牧草の上を、優美な、のびやかな動作で、上に下に飛び交う姿が見られる。エイヴォン川のちっぽけな雑魚は、すべて蝿を狙っていて、日に幾百となく、おなかに詰め込んでいた。ラグビー校の釣りの愛好者連は、この哀れむべきとびけらの仇討をしようと出かけていたのである。

或る木曜日の午後、トムはイーストの新しい釣竿を借りて、一人で川に向った。はじめは一尾の魚も食いつかなかった。川岸に沿って歩くうちに、やがて対岸の淵の、大きな柳の木の蔭に、すばらしく大きいのが苔についているのが目にとまった。

この辺の流れは深かったが、五十ヤードばかり川下に浅瀬があったので、トムは大急ぎでそこへ向った。そして、地主のことも番人のことも、地主の側の岸で釣りをしてはならないという校長の厳重な禁令も何もかも忘れ、ズボンをまくり上げて川を渡り、四つん這いになって柳の木に近づいた。

半時間後にはトムはうんと大きなうぐいを三尾も柳の根元に躍らせていた。一ポンド級のうぐいだ。四ひき目を釣りにかかって、釣針を投げ入れようとしているときであったが、川岸に沿って百ヤードと離れないところをこちらにやって来る男がいるのに気附いた。例の副番人であった。

あいつの来ない間に、浅瀬が渡れないかな。駄目だ。木に駆け込むよりほかに手が無い。そこでトムは身を伏せ、うしろに竿を引きずりながら地面を這って行った。トムが川の上に伸びている、十フィートばかりの高さの大枝に登って、蹲まった瞬間、番人は木立に到着した。そうして、木の根元で足を止めた。釣り上げたうぐいを一ぴき一ぴきつまみ上げている。トムは一層低く枝に身を伏せた。釣竿さえ隠せたら。トムは釣竿を動かして、自分の身体と平行に置こうとした。

「おあいにくさま」

と番人がいった。

「柳の木が、葉っぱのない十二フィートもある、まっすぐなヒッコリーの若枝を出すなんて、聞いたことないな」

万事休す。番人は釣竿を見つけ、トムの手を見つけ出した。

「おう、そこに上っておいでだね。さあ、すぐ下りてもらおう」

トムは返事をしないで、出来るだけ小さくなっている。釣竿の方は、ばらばらに解きほぐす。枝を伝って行って、川に飛び込んで、向う岸に泳ぎついたらどうかな、と考える。だが、小枝は茂っているし、向う岸へ泳いで渡るまでに、番人の方で浅瀬を通って先まわりをする時間が充分ありそうだから、それは諦める。

今度は番人が幹をよじ登って来る音がする。こいつはいけない。トムは、枝と幹との分れ目のところまで這い戻って、釣竿を垂直にして立ち上る。

「いよー、別珍おじさん。そこから上に登るなら、指に気を附け給えよ」

番人は登るのを止めて、見上げる。

「ほほう、坊ちゃんでしたかね。いいところでお逢いしましたな。さあ、すぐ下りなさい。それがあなたのためですよ」

番人の方では、この前、川で会って大きな声でからかったトムの顔を覚えていたのである。

そうして、トムが、

「有難う、別珍おじさん。僕、ここで結構だよ」

というと、地上に下り立った番人は、

「私は別に急いじゃいませんから、ごゆっくりなすって下さい」

そうして、川岸に腰を下すと、悠々とパイプを取り出し、煙草を詰め、火をつけにかかった。

トムは今や浮かぬ顔つきで、枝にまたがって番人を眺めていた。

「もう二度目の点呼も近いに違いない」とトムは考える。「あいつに取っつかまったら、鞭打ちの罰は逃れっこない。しかし、一晩中ここに坐りつづける訳にも行かないし。お金をやったら許してくれるかしら」

そこでトムは、

「ねー、番人さん」

とおとなしい声を出した。

「二シリング上げるから、見逃してくれないかね」

「二十シリングくれるといったって駄目だよ」

と相手は無慈悲に呟く。

こうして二人は第二点呼がとっくに済んでも坐り続けた。そして太陽は柳の枝越しに斜めに射し込んで来て、門限時刻の間近なことを告げた。

到頭トムはへとへとになって、

「僕はもう下りるよ、番人さん」

と溜息をつきながらいった。

「ところでおじさんは、これからどうしようというのかね」

「君を学校まで連れて行って、校長さんに引き渡すのだ。そういいつかっているのだよ」

番人は煙草の灰をはたき落し、立ち上って、身体をゆさぶりながらいう。

「よろしい。しかし、身体は自由にして欲しい。おとなしくついて行くから、襟首なんぞつかまえたりせずに置いてもらいたい」

番人はトムの方を見て、よろしいといった。そこでトムは柳の木から下りて来て、番人と連れ立って、味気ない気持で校長寮に向った。寮にはきっかり門限時刻に到着した。

番人は一部始終を校長に物語った。校長はただひとこと訊いただけであった。

「ブラウン、君は川岸についての規則は心得ているだろうな」

「はい」

「じゃあ、明日、一時間目が済んだら、私の来るのを待っているんだよ」

ということは、鞭打ちの罰を受けなくてはいけないということである。

「こんなことだろうと思った」

とトムは呟いた。

「ところで先生、竿はどうなりましょうか」

と番人はいう。

「旦那は、竿は全部こちらで取り上げてしまうようにと……」

「それは勘弁して下さい。竿は僕のじゃないのです」

とトムはいった。

校長は困った顔をした。番人は気立てのいい人だったので、トムが明らかに悄気ているのを見て可哀そうになり、要求を撤回した。

翌日、トムは鞭打ちの罰を受け、それから二、三日して別珍氏に出逢ったときに、竿を取り上げるのを勘弁してくれたお礼にと、半クラウンを贈呈したが、以来両人は心を許し合う親しき友となった。そして、著者として甚だ遺憾なことであるが（と、トマス・ヒューズは附け加えている）、エイヴォンの川岸にとびけらの飛び交う季節の間に、トムは例の柳の木の下で更に多くの魚を釣ったにもかかわらず、もう二度と別珍氏につかまることは無かったのである。

それから三週間もたたないうちに、トムは今度はイーストと一緒にふたたび校長に呼び出されることになった。その訳はこうだ。二、三日前に両人はファイヴズの試合に、コートから飛び出したボールを拾う役をいいつけられた。二人はゲームを眺めているうちに、おろしたてのボールが五、六個、校舎の屋根の上に飛び込むのを見た。

「おい、トム」

とイーストはいった。

「何とかして、あのボールが手に入らないものかね」

そこで両人は注意深く塀を調べ上げ、あちこちの校舎によじ登って、屋根に飛び込んだままになっていたファイヴズ用のボールを相当な数、手に入れたのはよかったが、校舎の屋根は大へん二人の気に入ったので、暇な時間はすべてそこで過すようになり、おまけにどの塔の頂きにも自分らの名前を書きつけたり、彫りつけたりし、しまいに大時計の分針にまでH・イースト、T・ブラウンと書きつけた。ところが、そのとき、分針を握っていたため、大時計を狂わせてしまった。調査の結果、分針に両人の名前が見つかり、二人は校長に呼び出されたというわけである。

しかし、校長は両人の話を聴いて、大して問題にもせず、ホーマーの詩句三十行の暗誦を命じ、そういう功名は、悪くすると怪我をして骨でも折るのが落ちだよといって聞かせただけであった。

# クラシーヴァヤ・メーチのカシヤン

ツルゲーネフの『猟人日記』よりもうひとつ、「クラシーヴァヤ・メーチのカシヤン」を読んでみることにしたい。これは『猟人日記』（岩波文庫・佐々木彰訳）の（上）の方に入っている。目次を見ると、この前、紹介した、川のほとりの焚火のそばで馬の番をしながら夏の夜を明かす五人の少年たちの横顔を描いた「ベージンの野」のすぐ次に出ている。

「ベージンの野」を取り上げたとき、目下のところ、『猟人日記』の（上）の方しか見つからない、と私はいった。本棚の前に積み上げられた文庫本の山のどこかに（下）がある筈だが、どうしたことか見つからない、といった。ところが、それから間もなく、『猟人日記』の（下）の方が出て来た。

それも何としても探し出してみせようと決心をして、本棚のあちこちを探しまわった挙句に見つかったのではない。私の仕事机の端に文庫本が何冊か置いてある。何の気なしにそこを探してみたら、あっさり出て来た。どうやら私は、本棚の前に積み上げられた文庫本の山のなかからツルゲーネフの『猟人日記』を見つけたときに、(上)も(下)も一緒に取り出して、仕事机の上に置いておきながら、日がたつうちに、両方一緒に取り出したことを忘れていたのであった。私の好きな「ベージンの野」は(上)に入っていたから間に合ってはいたのだが、思いがけず(下)の方が手もとから現れた。拾い物をしたようで、嬉しい。

私は『猟人日記』からもう一、二篇、紹介してみたい気持になったので、文庫の(下)の方を読み返してみた。こちらには「ピョートル・ペトローヴィチ・カラターエフ」や「歌うたい」、二葉亭四迷が訳したので有名になった「あいびき」、「チェルトプハーノフとネドピュースキン」など全部で十一篇、収められている。私は(下)を読み、もう一度(上)に引返してあれこれ読み返してみるうちに、『猟人日記』からもう一篇、読んでみるとすれば、

おれの名前はカシヤンで
蚤というのがそのあだ名……

と、森の中でカシヤンが自作の歌らしいものを歌い出す場面の出て来る「クラシーヴァヤ・メーチのカシヤン」がいいだろうかと考えるようになった。鴨撃ちに行った先の、葦の茂っている池で、乗っている小舟に水が入って沈む話の「リゴフ」にも心を惹かれる。「リゴフ」は、

目次では「ベージンの野」のひとつ先に出ている。これも何だかのんびりしていて、面白い。

変り者のカシヤンじいさんを皆さんに紹介する前に、もう見られないと半ば諦めていた清水さんのエイヴォンが見られたことを報告しておきたい。

八月のはじめであった。夕方、暗くなりかける頃、図書室の窓際のベッドで本を読み、まどろみかけていたら、妻が、

「清水さん、エイヴォンを下さった」

と知らせに来た。

あとで洗面所へ行くと、水を入れた洗面器いっぱいに、グラジオラスやほかの名前を知らない青い草花がつけてある中に、確かにエイヴォンの赤い蕾が三本、入っていた。

翌朝、仕事机の上の花生けに、頂いた中でいちばんいいかたちをしたエイヴォンが活けてあった。もうエイヴォンは見られないかと思っていたので、有難い。妻の話では、

「差上げるような薔薇じゃないですけど、エイヴォンが咲きましたので」

といって、下さったそうだ。イギリスに「夏の最後の薔薇」という歌があるけれども（この曲が日本に入って「庭の千草」になる）、これが本当に「夏の最後の薔薇」だろう。

私はがた馬車に乗って猟から帰るところであった。夏の暑い日の息苦しい暑さにぐったりと

なって——こういう日の暑さはどうかすると、晴れた日よりもかえって堪え難い。風の無いときはなおさらである。

「クラシーヴァヤ・メーチのカシヤン」は、こんなふうに始まる。

でこぼこ道に絶え間なく舞い上る埃が容赦なく全身に降りかかるのをじっと我慢しながら、私はうつらうつら夢心地で揺られていた。ところが、それまで私よりも本式に居眠りをしていた駆者が、不意に慌てた身ぶりをするので、私はおや、と思った。駆者は手綱をしぼると、駆者台の上でうろたえ、馬をどなり始めたが、その間にも絶えずどこか脇の方を眺めていた。いったい、何が起ったのだろう？

私たちは広々とした耕地を通っていた。同じようにきれいに耕されたいくつもの低い丘が、波のようにごくゆるやかな傾斜をなして、平地に裾を引いていた。いくつかの細い小みちが野《の》面《づら》を走り、窪みに隠れ、丘をうねっている。その一つ、五百歩ばかり先で私たちの行く道を横切る小みちの上に、何か行列のようなものがいる。駆者はそれを見ていたのである。

では、なぜ駆者はあんなに不安な様子を見せ、うろたえ出したのだろう。それは葬式の行列であった。先頭の一頭立ての百姓馬車には司祭が乗り、そのそばに腰かけた伴僧が馬を御している。馬車の後から四人の百姓が、白布で覆われた棺を担いで行く。棺の後から二人の百姓女がついて歩く。その一人の甲高い、悲し気な歌声が聞える。挽歌をうたっているのであった。

一本調子の、やるせなく侘しい調べが、淋しい野面にひびく。

この行列の先を越そうとして、馭者は馬をせき立てた。道で死者に出会うのは縁起が悪いからである。馭者は、棺が街道に出ないうちに、首尾よくそこを駆け抜けた。けれども、百歩と離れないうちに、私の馬車は突然がくんと揺れて一方に傾き、危く横倒しになろうとした。馭者はよろめいた馬を引き止めると、片手を振って、唾を吐いた。

「どうしたんだね」と私は訊いた。

馭者は黙ったまま、馬車から下りた。

「いったい、どうしたんだい？」

「心棒が折れちまったんですよ……。焼け切れて」

馭者は不機嫌そうに答えて、腹立ちまぎれに、いきなり副馬《そえうま》の尻帯をぐっと直したので、馬ははげしく横に揺れたが、それでも持ちこたえて、鼻を一つ鳴らし、身ぶるいをしたのち、落着き払って前足の膝の下を歯で掻き始めた。

私は車を下りて、しばらく道路に立っていた。右側の車輪は殆ど完全に馬車の下敷きになってしまっていた。

「さあ、どうしたもんかね」

到頭、私はこういって尋ねた。

「あいつのせいですよ！」

もはや街道に出てこちらへ近づいて来る行列を鞭で指さしながら、馭者はいった。

「いつも気を附けていますが。まったく縁起でもありませんよ――死人に出っくわすなんて……。そうですとも」

それから馭者はまたもや副馬に八当りした。馬は親方が不機嫌なのを見ると、じっと動かずにいることに決めて、ただ時折、つつましやかに尾を振っている。私は暫くそこらを行きつ戻りつした。

そのうちに棺は私たちに追いついた。そっと街道を外れて道ばたの草の上を通り、私たちの馬車のそばをゆっくりと練って行く。私と馭者は帽子を脱いで司祭に挨拶し、棺を担いで行く人々と目を交した。棺の後から歩いて行く二人の女のうち、一人は年寄りで蒼ざめていた。もう一人のまだ若い女は眼が涙に濡れ、顔はすっかり泣き脹らしている。私たちのそばまで来たとき、彼女は挽歌をうたうのを止めて、顔を袖で覆ったが、もう一度街道に出たとき、彼女のもの悲しい歌声が、またもや聞えて来た。ゆらゆら揺れてゆく棺を黙って見送ってから、馭者は私の方を振り向いた。

「あれは大工のマルティンの葬式ですよ。ほら、あのリャバーヤ村の」

どうして分るんだいと訊くと、あの女どもで分りましたよ、年取った方がおふくろで、若い方は女房です、熱病でした、いい大工でしたよ、なんせ腕の立つ大工でしたと馭者はいった。
それから馭者は馬車の具合を調べ、長上着《カフタン》の裾をまくり上げ、煙草入れを悠々と取り出し、嗅ぎ煙草をやおらもみほぐし、匂いを吸い込むごとに長いうめき声を立てたが、しまいに深い物思いに沈んだ。

「おい、どうした」

と私が声をかけると、馭者は煙草入れを大事そうにポケットに収め、帽子を目深にかぶり、馭者台に上った。どこへ行くんだいと驚いて尋ねると、お乗りになって下さい。彼は落着き払って答え、手綱を握った。

「どうやって行くんだね」

「とにかく参りましょう」

「でも心棒が……」

「お乗りになって下さい」

「でも心棒が折れたんだろう」

「折れるにゃ折れましたが、なに、出村までは行けます、その、ゆっくり行けば。ほら、あの林を越すと右手に出村があるんです。ユーヂヌイって渾名の」

「行きつけると思うかね」

駅者は返事もしなかった。いっそ歩いた方がいいよと私はいったが、「どうなりと……」というなり、駅者は鞭を振り上げ、馬は歩き出した。右の前車輪がようやく持ちこたえ、まことに奇妙なまわり方をしたものの、馬車はとにかく出村まで辿り着いた。

さてユーヂヌイの出村では、人に出会わなかった。往来に鶏も遊んでいなければ、犬も見かけなかった。とっつきの百姓家に立ち寄って呼んでみた。誰も答える者がいない。二軒目の家に行ってみたが、ここにも人はいない。

外庭へまわってみると、日が照っている庭の真中に、顔を地面に押しつけ、百姓外套を頭から引っかぶった男の子らしい者が寝ている。私は寝ている人に近づいて、起しにかかった。彼はすぐさま飛び起きた。

「な、なんの御用で？　いったい。何事なんで」

ところが、これが男の子ではない。小さな浅黒い、皺だらけの顔をした、やせた身体つきのじいさんであった。

「なに御用で？」

私は事情を話した。

「こういうわけだが、新しい心棒を譲ってもらえまいか。代は文句なしに払うが」

「お前さんはどういう人なんで？　猟でもなさるのかね」

私を頭の天辺から足の先まで眺めて、彼はこう訊いた。

「猟をする者だ」

「大方、罪とがのない空飛ぶ鳥を撃つんでしょう？　神様のお造りになった鳥を殺したり、罪もないものの血を流したりして、いいもんですかね」

奇妙なじいさんは実にのんびりと話した。その声には少しも老いぼれたところが無く、おやと思うほど聞いていて快く、若々しかった。

「おれのところには心棒はねえだ」

しばらく黙っていた後で、じいさんはそばのみすぼらしい荷馬車を指して、

「あれじゃ役に立つまい。お前さん方のは、きっと大きな馬車だろうから」

と附け加えた。

「この村で手に入るだろうか」

「ここが村なもんかね！　ここじゃ誰も持っていねえ。なんせみんな仕事に出ていて、誰も家にいない。じゃ、まっぴらごめん」

じいさんは、またもや地べたに寝てしまった。私は、お願いだから一肌脱いでくれと頼み込んだ。すると、じいさんは、起き直り、それなら森の中の伐り出し場へでも連れて行くかな。

商人どもがあそこの森を買って、罰当りなことに森を伐り倒して、事務所をおっ建てただ。お

前さん、そこへ行って、心棒をあつらえるなり、出来合いを買うなりしたらいいといったから、私は喜んで、そいつは結構だ、さあ行こうといった。

「その伐り出し場までは遠いのかね？」

「三露里だ」

「いや、構わない！　お前の馬車で行けるんだろう」

「いいや……」

「さあ、行こう、じいさん！　駁者が通りで待っているんだから」

じいさんは不承不承立ち上って、私について通りへ出た。駁者は御機嫌斜めだった。馬に水をやろうとしたが、井戸の水がとても少ない上に、味もよくなかったからだ。だが、じいさんを見ると、にやりと笑い、頷いて叫んだ。

「やあ、カシヤーヌシカじゃないか。今日は」

「今日は、律義者のエロフェイ！」

私は駁者にカシヤンの申し出を伝えた。エロフェイはそれに同意して馬車を外庭に乗り入れた。駁者が慎重に気を配りながら馬を馬車から外している間、カシヤンは門にもたれかかって、浮かぬ顔で駁者と私を見くらべていた。察するところ、私たちの突然の来訪が、彼にとってはあまり有難くなかったと見える。

「お前もここへ移されたのかい」

だしぬけに馭者が訊いた。

「そうよ」

「へえ！　おい、大工のマルティンがな……。お前、リャバーヤのマルティンを知ってるだろう。あれが死んじまったよ。今さっき、葬式の行列に出会った」

カシヤンはびくっと身を震わせた。

「死んだって？」

といって彼は目を伏せた。

「うん、死んだ。お前どうして治してやらなかったんだい。え？　なんでも人の話じゃ、お前は人の病気を治してやることができる治療師だっていうじゃねえか」

馭者は明らかに、面白がってじいさんをからかっていた。

「で、あれはお前の馬車なのかい」

「おれのだ」

「ふん、これが馬車だとな！　ところでいったい、なんに曳かせて伐り出し場まで行くんだ」

「知らねえよ、なんに曳かせて行くのか。あんちく生にでも曳かせるか」

カシヤンは溜息まじりに附け加えた。

「こいつにかい?」

駆者はカシヤンのやくざ馬のそばへ寄って、右手の中指で軽蔑したように馬の首をついた。

「ちぇっ。眠ってやがる。このとんちきめ」

私はカシヤンと一緒に伐り出し場へ行ってみたくなり、できるだけ早く馬車の用意をするように駆者に頼んだ。そんなところにはよくエゾヤマドリがいるからだ。

ここで馬車の用意が出来るまでの間に、孫娘の文子が私の家へ現れたときのことをちょっと報告しておきたい。

雨つづきのあとの気持よく晴れた日であった。午後の散歩から帰って、玄関の戸を開けると、妻が、

「フーちゃんが来ています」

と知らせ、台所からフーちゃんが——紺色の妻が縫って上げた服を着たフーちゃんが走って出て来た。母親のミサヲちゃんがつかまえて、

「こんにちは、は?」

といってお辞儀をさせようとしたが、その手をすり抜けて行ってしまった。

私が散歩に出かけたすぐあとへ来たらしい。ずっと雨ふりで、フーちゃんは外へ出られなか

った。やっと晴れた。今日はフーちゃん、来るかも知れないと妻と話していたら、来た。帰り、妻が家まで送って行ったら、隣りのあつ子ちゃん（長男の嫁）が、

「フーちゃん、毎日、外へ出られなくて、険しい顔をしていました」

と妻に話した。

私の家では、フーちゃんは走りまわる。ときどき跳び上る。片時もじっとしていなくて、家の中を走りまわった。何日も外へ出られなくて溜っていたストレスは完全に無くなったと思えるくらい駆けまわった。妻の話では、図書室の籐の「お馬」を自分で担いで書斎まで持って来たという。

みんなで桃を食べることになった。台所の調理台で妻が山梨の桃をむいて、四つの皿に入れる。それが見たくて、フーちゃんは踏台代りの腰かけを二つ、引張り出して来る。食卓ではフォークを左手でつかんで桃に突き刺そうとする。ミサヲちゃんが横から、

「そっちのお手々よ」

といって、右の手にフォークを持ち代えさせた。前からフーちゃんは左手を使う癖がある。ミサヲちゃんは、「ゆっくり直します」といっている。フーちゃんも、「そっちのお手々よ」といわれると、やおら右の手にフォークを持ち直す。

自分の皿の桃を全部、うまく口に運び、妻から一切れ、ミサヲちゃんから一切れ貰って、そ

れも食べる。あとで冷たいお茶を飲んだ。……

やがて馬車の用意が出来た。私は犬を連れて、木の皮張りの車の底に坐り、カシヤンは相変らず浮かぬ顔つきをして、前の横木に腰かけた。駆者が私のそばへ来て、秘密めいた様子で囁いた。

「とにかく旦那様、こいつがご一緒でようございました。あいつはあんな神がかりみたいなやつで、渾名を蚤といいますんで」

カシヤンが手綱を引くと、馬車は動き出した。驚いたことに、彼の馬はなかなかよく走った。私たちは間もなく伐り出し場に到着し、それから骨折って事務所に辿り着いた。事務所には二人の若い番頭がいた。私は彼等を相手に心棒の値段を決めると、伐り出し場に向った。私はカシヤンが馬のそばに残って私の帰りを待つものと思っていたが、こっちへやって来た。

「なんですか、鳥を撃ちに行くんで？ え？」

「うん、もしいたらね」

「お伴をしましょう。構いませんか」

「いいとも、いいとも」

二人は出かけた。私は、自分の犬よりもカシヤンの方を多く見ていた。蚤と渾名をつけられたのも無理はない。彼は非常に足が速くて、歩きながらいつもぴょんぴょん跳びはねる。のべつ腰を曲げては、何か草を摘んでふところへねじ込む。ぶつぶつ独りごとをいい、絶えず私と犬を眺める。伐り出し場には、ちっちゃな灰色の小鳥がいて、ひっきりなしに木から木へと飛び移り、急降下しながら鳴き立てる。カシヤンはその鳴き声を真似て、小鳥どもと呼び交した。

天気は素晴しくよかった。けれども暑さは少しもやわらがなかった。そよ風が起って、顔へまともに吹きつける。やれ嬉しやと思えば、早くも風は止み、何もかもがふたたび静まり返る。ただきりぎりすだけが声を揃えて鳴き立てる。この鳴き声にはうんざりする。

ただ一羽の雛にも行き当らないままに、私たちは到頭別の新しい伐り出し場まで来てしまった。そのうちついに、水鶏《くいな》が一羽飛び出した。射撃の音を聞くと、カシヤンは素早く片手で目を覆い、私が水鶏を拾い上げるまで、身じろぎもしなかった。私が先へ歩き出したとき、カシヤンは撃たれた鳥の落ちた場所に近づいて、血の滴りが跳ねかえった草の上に身を屈め、頭を振って、おずおずと私を眺めた。あとで彼が、

「罪なことを！　ああ、ほんとうに罪なこった」

と呟くのが聞えた。

暑さがひどくてやり切れないので、私たちは林の中に入った。私は胡桃の木の茂みの蔭に身を投げ出し、カシヤンは伐り倒された白樺の根方に腰をかけた。私は彼が黙り込んでいるのに

うんざりして、仰向けに引っくり返り、遠くの明るい空を背景にもつれ合う木の葉に見とれていた。森の中で仰向けに寝ころんで天上を眺めているのは、素晴しく愉快なことである。底知れぬ海の中を覗いているような気がする。

「旦那、もし旦那！」

不意にカシヤンが呼びかけた。私はびっくりして身を起した。これまで問いかけてもろくに返事をしなかったのに、今度は急に自分から話しかけて来たのだ。

「なんの用だね」

「その、なんのためにお前さん、鳥を殺しなすった？」

「なんのためって？　……水鶏は野鳥で、食べられるじゃないか」

「食べるために殺したんじゃねえでしょうが、旦那。旦那があれを召し上るもんですか。ただ慰みに殺したんでしょう」

そこで私が、でもお前だって例えば鵞鳥だの鶏だのを食うだろうというと、

「ああいう鳥は神様が、人間が食べるようにとお決めなすったものだが、水鶏は自由に森の中を飛びまわっている鳥だ。それを殺すのは罪なこった。寿命のあるうちは生かしておくがいいだ。人間にはちゃんと決まったほかの食い物がある。穀類は神様の授かりもんだし、大昔の御先祖から伝わって来た家畜もあるだ」

彼の言葉は淀みなく流れ出た。別に言葉を探すでもなく、時折、目をつむりながら、穏やかな威厳を帯びた調子で話した。私は驚いてカシヤンを眺めた。

「ちょっと聞きたいがな、カシヤン。お前の商売はなんだね」

「ただ神様の御心どおりに暮していますよ。商売といっても、別にその、何もしちゃいません。そう、春になると、鶯を捕りますがな。いじめたり、生命を取ったりするために捕るんじゃなくて、人を喜ばせるために捕るのさ」

「で、お前はそれを売るのかね」

「親切な人に譲るんで」

「ほかには何をしている」

「この通り何もしちゃいません」

「どうだねお前、女房子供はあるのかい」

「いいえ、ねえんです」

「そりゃまたどうして。死に絶えでもしたのかい」

「そういうわけでもねえが、そうなんで。まわり合せですよ。でも、そんなことはみんな神様のおぼし召しで、人間はみな神様の御心のままに生きてゆくものなんです」

「お前たちがこっちへ移されたのは大分前かね」

少し黙ったあとで、私は訊いた。

「いいえ、最近のことで。四年ほど前です。大旦那の時にはずっともとからの所に住んでたもんですが、後見人が世話を見るようになってから移されました。大旦那は穏やかな人でした。何とぞ天国に安らわせたまえ！」

「で、お前たちは、前にはどこに住んでいたんだね」

「クラシーヴァヤ・メーチから越して来ました」

「どうだね、向うの方がよかったかい」

「そりゃ、いいところで。ひろびろとした、川のある土地でしたよ、わしらの古巣は。ここはせせこましくて。ここへ来たら孤児になったみたいです。おれたちのクラシーヴァヤ・メーチでは、ちょっと丘へ登ってみりゃ、いやもう、その景色の素晴しいことといったら！　川もあり、草っ原もあれば、森もある。その先に教会があって、その先の先まで見晴しがきく」

「それじゃじいさん。お前も生れ故郷へ帰りたいだろうな」

「そりゃ、一目見てえわな。もっとも、どこにいたって結構だ。おれは女房子供のいねえ気楽な身なんだから。それにお前さん、いつまでも家にくすぶっていられるもんですかい。どんどん歩いて行くと、実際、気が軽くなって来る。お天道様も照らして下さるし、神様の目もよく行き届くし、歌も一層調子づく。あたりを見れば美しい草が生えている。で、目にとまったのを摘む」

カシヤンの話は止まらなくなったが、最後に、「やれ、このお天道様はどうだ！　ああ、なんて有難いこった。森の中の暖かいことったら！」というと、両肩をゆさぶり、暫く黙っていたが、やがてあたりを見まわしてから、そっと歌い出した。長く引張る歌で、次のような文句が耳に入った。

おれの名前はカシヤンで
蚤というのがそのあだ名

ところが、不意にじいさんは身震いをして歌をやめた、森の茂みの中をじっと見定めながら。振り返ってみると、八つぐらいの小さな百姓娘が、碁盤縞のスカーフをかぶり、日に焼けた手に編籠を持って立っていた。娘はおずおずと私を見ていたが、木のかげに隠れてしまった。

「アンヌシカ。アンヌシカ。こっちへお出で、おっかなくねえよ」

じいさんはやさしく声をかけた。

「おっかねえもの」

と甲高い声が聞えた。

「おっかなくねえ、おっかなくねえ。こっちへお出で」

アンヌシカは静かにまわり道をして、カシヤンのすぐそばの茂みから出て来た。背が小さいので最初は八つぐらいの娘かと思ったが、十三か十四の娘であった。小づくりで瘠せてはいるが、美しい、小さな顔は、びっくりするほどカシヤンによく似ていた。娘は横向きにカシヤンの前に立っていた。

「何かい、茸を採っていたのかい」

とカシヤンが訊いた。

「うん、茸」

「沢山見つけたかい」

「ああ、沢山」

娘はすばやくカシヤンを見て微笑した。

「白茸もあるかい」

「白茸もある」

「どれどれ、お見せ」

娘は編籠にかぶせてある大きなごぼうの葉を半分ばかり持ち上げた。

「ほう！　こりゃ素晴しい。えらいぞ、アンヌシカ」

「カシヤン、これはお前の娘なのかい」

と私は訊いた。アンヌシカの顔がぽっと赤くなった。

「いいえ、その、身内の者で」

カシヤンはわざとぞんざいな振りをしていうと、

「さあ、アンヌシカ、お帰り。さっさとお帰り。気を附けてな……」

「なんだって歩いて帰らせるんだね。一緒に乗せて帰ったらいい」

アンヌシカは真赤になって、両手で編籠の紐をつかみ、心配そうにカシヤンの顔を見た。

「いいえ、歩いて帰れますよ。何もわざわざこの娘を……。歩いたって帰れますよ。さあお帰り」

アンヌシカは急いで森の中へ立ち去った。カシヤンは後を見送っていたが、やがて目を伏せて微笑した。

「なんだってあんなに急いで帰したんだい。茸を買ってやったのに」

私はカシヤンに尋ねた。

「なに、同じことですよ、あなた。御所望なら家で買ったって」

「あの子はなかなか器量よしだね」

「いいえ。なんの」

カシヤンはいかにも気乗りのしない様子で答えたが、それきり無口になってしまった。

私は水鶏一羽と新しい心棒だけを持って出村へ戻った。アンヌシカは家にいなかった。彼女はもうとっくに帰って、茸の入った籠を置いてどこかへ行ったあとであった。

私はクラシーヴァヤ・メーチのスイチョーフカにいたときカシヤンと隣り同士であったという馭者のエロフェイに、カシヤンってのはどんな男だいと訊いてみた。ついでに森の中で会ったアンヌシカのことを尋ねた。あれはみなし児で、母親もいなけりゃ誰が母親だかそれさえ分らない。でも、きっと身内なんでしょう、あれにひどくよく似ていますから。とにかく、あいつの家に住んでいます。利発な娘で、申し分ありません。エロフェイは、アンヌシカのことをそういって賞めた。

# 情熱

西川正身編『アメリカ短篇集』(市民文庫)という一冊の文庫本がある。表紙がちぎれかかったのを、セロ・テープで貼りつけて補修してある。奥附を見ると、昭和二十八年四月十五日初版発行となっている。

「市民文庫」は河出書房から出ていた。巻末に市民文庫の「世界短篇集」の広告が掲げられている。神西清編『ロシヤ短篇集』、鈴木信太郎編『フランス短篇集』(これは二巻)、相良守峯編『ドイツ短篇集』、福原麟太郎編『イギリス短篇集』と並んで、西川正身編『アメリカ短篇集』がある。

いま、この広告の目次内容を見ると、どうしてほかの国のも買っておかなかったんだろうと悔まれる。せめて福原さんの編集による『イギリス短篇集』くらいは、買っておくべきであった。目次のなかに私の好きなハックスリーの「半休日」が入っているではないか。

おそらく私がこの文庫本を買ったとき、書店の本棚に『イギリス短篇集』は無かったのだろう。それで『アメリカ短篇集』一冊だけを求めたのだろう。だが、今ごろこんなことをいってみても始まらない。

『アメリカ短篇集』には、ヘミングウェイ「殺人者」、フォークナー「乾いた九月」、コールドウェル「昇る太陽に跪け」など八篇が収められている。アンダスンの「卵」、スタインベックの「菊」も入っている。「卵」も「菊」もいい。

だが今回は、集中ただ一人の女流作家であるドロシー・キャンフィールド（一八七九—一九五八）の「情熱」（西川正身訳）を取り上げてみたい。キャンフィールドについて訳者の西川氏は、

「わが国では殆どその名を知られていないが、現代アメリカ文学で第一流に属する代表的な女流作家である」

といい、またこの一篇は、

「アメリカ東部のヴァーモント州の一地方を舞台としているが、そこは彼女の一家が久しいあいだ住みつづけて来た土地で、作者はその熟知する土地を背景に、一人の風変りな老人を描き出した」

と紹介した上で、確かに主人公は風変りな人物であるが、その風変りと見えるものこそ実はアメリカの開拓者の性格に見られる、明るくて逞しい積極的な一面であるにほかならないと附け加えている。

前回は、速足で歩きながらぴょんぴょん跳びはねるクラシーヴァヤ・メーチから来たカシヤンじいさん、ロシアの風変りなじいさんを紹介したが、今回はアメリカのじいさんである。名前は出て来ない。語り手の曾祖父の「おじい」として登場する。

物語に入る前に、清水さんのくれた花のことを報告しておきたい。

夕方、図書室の窓際のベッドで本を読んでいたら、妻が入って来て、

「清水さんが下さった花です」

腕に溢れる白い花を見せた。畑から切り取って来たばかりの花をこんなに下さった。沢山頂いたので、次の日、妻は半分を「山の下」（と私たちが呼んでいる）の長男と次男のところへお裾分けして上げた。二、三日たってから、私は妻にいって清水さんのくれた花の名前をメモしてもらった。

メモには、次のように書かれてあった。

紫苑

秋明菊

ほととぎす（小豆色と白）

孔雀草

書斎のピアノの上の花生けに、孔雀草と白のほととぎすが活けてある。

「情熱」を読んでみよう。

年上の教授は、いらいらした様子で一束の書類をいじりながら、顔を上げて助手の方を見た。

「ファラー、君はいったい近頃どうしたんだ」彼は鋭くいった。

これが「情熱」の書出しである。年上の教授（マロリー教授という名前の）に詰問された若い助手は、実は、その、実はと口ごもりながら、神経をやられてるんです、それで私は恐くてたまりませんという。

マロリー教授は、何がだと尋ねた。若い助手は話し始める。——この自分がです。私は身体をこわしています。どこが悪いのか、医者にかかってみても分りません。眠れないのです。気持ばかりいらいらしています。物は忘れる。私は人生に興味を失ってしまいました。そのうち神経衰弱になるだろうって医者はそれとなくいいます。外へは少しも出かけません。ご存じのように、ニューヨークの夏季学校を引受ける話も断りました。私にとってまたとないよい機会でしたが。ああ、眠れさえしたら。夕方になると、神経にさわるようなことは、一切しないようにしているんですが。ああ、夜ごとの恐ろしさ。そうです、私は地獄にいるも同然です。……

聞き終った教授は、何か心に期するところがあるように、相手を見つめ、やがて口を開いた。明るくて何気ない調子だった。

「一つ君に話をして聞かせようと思うのだが、君の親友の神経病専門医の諸君から、まさか文句は出ないだろうな。君、忙しいことはないんだろうな」

助手が、「忙しい？ そんな言葉はすっかり忘れてしまいました」と答えると、じゃ、始めるとするか。僕が聞かせようと思うのは、グリーン山脈（というのはヴァーモント州にある山脈だが）にある、石の多い小さな農場の昔話なんだと、教授は語り始める。

「僕は、実に仕合せなことに、そこで生れ、そこで育ったんだがね。これから聞かせる話というのは、僕がまだごく小さな子供の時だが、僕たちのところに一緒に住むようになった曾祖父《ひいじじ》のことなのだ」

「先生の曾祖父さんですって？ 自分の曾祖父さんのことなんか覚えてる者は、世間普通にはありませんよ」

「いや、ところが、覚えてるんだ。ヴァーモントの連中はね」

と教授は続ける。――先ず親父がいた。自分の農場を持っていた。それから祖父《じじ》がいた。もう自分は若くはないのだなどとは夢にも考えないで、祖父は祖父でまた別の農場で働いていた。そこへもって来て、おじい（と僕たちはいっていたんだが）がいた。年は八十八。みんなからやいやいいわれて、ようやく僕たちのところへ帰って来て、孫子の世話になりながら、隠居として納まることになったのだ。

このおじいは一八一二年の第二次対英戦争に参加して、片腕を無くした。で、いま話をしている丁度その頃、月に十二ドルずつ恩給が貰えるようになったもので、年寄りとしては結構気楽な身分だった。

おじいがうちへ来ると、たちまち町でも一番の年寄りの上に出ることになった。僕は、うちのおじいは今度の誕生日が来れば八十九になるんだ、眼鏡をかけなくたって字が読めるんだぞ、と学校で自慢したことを今でも覚えている。おじいは、よく得意になっていったもんだ。お前さんはあと一年の命だとこう宣告を下した医者の奴らを、もうこれで六人まであの世に送った、そして、七人目の奴も先は長くないそうだと。律義者のお袋とおじい思いの親父とが、おじいが衛生なんてことにはてんで無頓着なのを心配して何かいうと、いつも決まって、「七人目の奴も……」と答える始末だった。

僕の親父もお袋も、子供たちの躾についてはなかなかやかましかった。ところが、このいたずら好きの年寄りと来ては、もともと胃が丈夫でないくせに、食事のとき、二切れ食べようとするのを止められたといっては、こっそり台所へ忍び込んで、大きな肉饅頭をぺろりと平らげては、ひどい消化不良を起すことがよくあったものだ。とにかく、頑固で、手に負えない、気まぐれなこの乱暴者が来たことは、静かで落着いた僕たちの家庭の中に、いってみれば火の玉が飛び込んで来たようなものだった。

ところで、いよいよ問題の日が訪れたのは、八月の半ば、たまたま村の祭りが谷間を十四マイルほど下ったところで催されたときだった。祭りに行ってみたいと、おじいがいい出した。親父は、年寄りがどこかへ出かけるときには、その身を気づかっていつも必ず一緒について行くことにしていたが、この場合、あっさり断って、考えてみようともしなかった。念のために、おじいがうちに来るようになってからずっと世話になっている医師に相談したところ、とんでもない話だといい、何しろ心臓はまるでいけないし、あの喘息と来ては若い者だって参ってしまうほどだし、消化は全然駄目と来てますからな、つまり、もしあんたにお年寄りを殺すつもりがおありなら、この暑い八月の盛りにはるばる十四マイルの道を馬車を走らせて、あの人出の多い騒々しい祭りに連れて行く、これくらい確かな方法は他にありませんよと、親父に向っていった。そこで親父は、きっぱり「止しなさい」といった。その調子には、子供である僕たちが、これが出たら最後、もう梃子でも動かぬ親父だと心得ている、断乎たるものがあった。

おじいは黙り込み、満足な方の腕を杖の上にのせ、その手の上に顎を重ねて、まわりの生活とは測り知れぬほど遠く離れた世界へ引きこもってしまった。

祭りが始まったその週も半ばを過ぎたときだった。丁度うちの者は、みんな家にいなかった。親父は兄たちを連れて、遠方の山の麓の草地へ草を刈りに出かけ、お袋は女の子を連れて木いちごを摘みに行っていた。僕は小さくて役に立たないので、留守番を仰せつかり、おじいの世話をし、昼になったら、パンとミルクとこけももを出すことになっていた。

みんなが出かけて行って三十分もすると、おじいは僕にいって、ベッドの敷布団の下から、恩給の金を入れておく財布を取って来させた。みんなで六ドルと四十三セントあった。おじいは、小学校の生徒が算術をやるときのように、丹念にそれを数えた。数え終ると、おじいは笑い、指を鳴らし、甲高い、しゃがれた声で歌った。

「おいらは行くよ、遊びに行くよ。ジョー坊主は祭りへ行くよ、おじいと行くよ。面白い面白いこと見に行くんだよ……」

「だけど、おじい。父さんが行っちゃいけないって、いったじゃないか」

僕は恐くなって、反対を唱えた。

「いや、わしたちは行くんだ。このおじいはな、いいか、お前の親父がお前を生むよりずっと前から、お前のおじいなんだ。まあ、そんなことはどうでもええ。とにかく、今わしはここにいる、親父はいないと。だから、さあ前進だ。馬屋に向って突撃！」

おじいは僕の襟首をつかまえると、意気揚々と、足を曳きずり曳きずり一踊り踊って、僕をうしろから押すようにして馬屋へ行った。すると、白い老いぼれ馬のペギーの奴、うちにはこの馬しか残っていなかったが、呆気にとられた様子で、僕たちを見るのだ。

「だけど、往き帰り二十八マイルもあるんじゃない？　ペギーは八マイルから上は駄目なんだよ」

と僕は叫んだ。

荷は軽い、二十八里がなんのその。

おいらはこれで、八十八のお年寄り。

おじいは釘から馬具を外しながら、即席の歌を作って、声高らかに歌った。

「ピンク色のレモン水でも飲ませたら、こいつも少しは元気がつくだろう。なあ、ペギー。帰りに疲れたら、わしが車から下りて、途中貴様を抱いてってやるからな」

僕はもうそれ以上反対は唱えなかった。そこで僕たちは一緒になって馬を車につけるのだが、僕が椅子の上に乗っかって止め手綱の用意をする間に、おじいは、たった一本の腕で驚くほど巧みに準備を整えるのだった。

さて用意が出来上ると、僕たちはそのままの恰好で――おじいは野良着をつけたまま、僕は僕で靴下もはかず、服を着換えもしないで、谷間の街道へ通ずる石の多い、急な坂道を下って、祭りへ出かける幾組かの馬車がまき上げる埃でいっぱいの暑い本街道に馬を進めた。

おじいは、他の馬車がとぼとぼ歩くペギーを追い越して行くその度ごとに、陽気な挨拶を交すのだった。おじいは、自分が若い頃出かけた祭りについて、胸がわくわくする話をいくつも聞かせてくれ、僕がまだただの一度も見物に出かけたことがないと知ると、実に心外だといわんばかりであった。

「なんだ、ジョー。お前はいったいいくつになるんだ。確か八つになるんだっけな。このおじいは、お前の年頃には、うちを逃げ出して、祭りへ二回、死刑を見物に一回、行ってるんだぞ」

「だけど、そんなことして、うちへ帰って殴られなかった?」

「そりゃ殴られたとも。いやっていうほど」

僕たちの馬車がグランヴィルに近づき、引っきりなしに続く馬車の群れに加わったとき、

「やあ、こいつは素敵だぞ」

とおじいは叫んだ。どの馬車にも晴着をつけた近在の人びとがいっぱいに乗っていた。人び

とは興奮で顔を輝かせている、片腕の無い年寄りと、そのかたわらにいる小さな子供とを不思議そうに、しかし親し気に眺めた。その子供は、古ぼけた馬車の床高く素足を垂らしていたが、生れて初めて馬を扱う責任感のために、顔は全く血の気を失っていたに違いない。……

おじいと僕とを乗せた馬車は、これから祭りの場所へ入るというその入口まで来たが、二人が見物を始める前に、二歳になる孫娘の文子のことをちょっとお知らせしておきたい。

午後の散歩から帰ると、

「フーちゃんが来ています」

と妻がいった。

夏のはじめに妻が縫って上げた赤と白の格子縞の服を着たフーちゃんが走って出て来る。

昔、長女の勉強部屋であった部屋へ行くと、ベッドの上に妻がフーちゃんと一緒にいる。小窓を妻が開けると、フーちゃんは外を見る。次に机の前へ。椅子に腰かけて、電気スタンドのスイッチをさわって、つけたり消したりする。電気スタンドに立てかけてある写真を手に取る。眺める。それから隣りの図書室へ。

籐の「お馬」を手で動かす。母親のミサヲちゃんに乗れという。つぶれるわといいながらミサヲちゃんは何とか「お馬」に乗る。すると、そこへ自分も乗せろという。物をいわない子だから、身ぶりで示す。だが、これは無理だ。

妻は、この前、南足柄から長女が末の男の子を連れて来たとき、末の子が忘れて行った「ジャイアンツのバット」を振ってみせる。振り下すと、筒の中からオレンジ色のぐるぐる巻きになったものが飛び出し、また、もとへ引込むようになっている。長女の家へ来る工務店の主人が横浜球場へ行ったとき、応援に使ったものを、末の男の子にくれたのである。

フーちゃんは本棚の端に立てかけてあったバットを持ち出して、打つ構えをする。近所の男の子が空地で野球をして遊んでいるのを見ているから、打つ構えを知っている。次に、妻から「ジャイアンツのバット」を貸してもらって、それを振って遊ぶ。振ると中からするすると飛び出して来て、それがまた元へ引込むのだから面白い。

次は窓際のベッドに這い上り、電気スタンドのスイッチを押して、つけたり消したりする。

今度は書斎へ行く。妻にピアノを弾けという。妻が「お馬の親子」を弾く。フーちゃんは手を叩く。ソファーへ上り、ソファーの腰かける部分のクッションの下にもぐり込んで、寝る。妻がこちらの椅子で目をつぶり、眠る振りをして「グーグー」というと、笑い出し、自分も眠る振りをする。

そのとき、庭の水盤へひよどりの若いのが来た。ミサヲちゃんが、「とり、とり」といったので、フーちゃんは硝子戸の外を見る。ひよどりはたちまち椎の木の枝へ移って、ひと声、鳴いた。フーちゃんは、その絞り出すような鳴き声を真似て、「ひぃー」といった。ひよどりの鳴き声そっくりの声を立てた。うまく感じを出した。

おじいと僕のお祭り見物の話に戻る。

その頃の人は、現金をあまり沢山もっていなかった。それで、おじいの六ドルと四十三セントのお金は、結構使いでがあった。使っても使ってもなかなか無くならなかった。

僕たちは、太っちょの大女を見物した。おじいは、この女と馴れ馴れしく話を始めたので、僕は驚いた。おじいは、お前さんはいったいどのくらい食べるんだねとか、その太い腕を上にあげて自分で髪が結えるのかねとか、その金で縁を飾った素晴しくきれいな着物を作るのに、何ヤールくらいびろうどが要ったかねなどと尋ねるのだった。

女は僕たちのことをさかんに笑ったが、おじいの質問に心を動かされたらしく、これはびろうどじゃなくて、家具の覆いの布なんですよと打ち明けた。その上、僕たちがそこを立ち去ろうとすると、南京豆を一袋持って行け、とても自分には食べきれないからといって、無理に僕たちに渡した。

僕たちは、犬の顔をした少年を見物した。おじいは、あの頬髭は確かに膠でくっつけてあるに違いないと、遠慮なく皮肉をいった。それから家畜陳列所のあたりをぶらぶらし、物凄く大きな牛を眺めたり、柵に身を寄せて入賞豚を見物したりした。何一つ見落すまいとして、僕たちはわざわざ婦人館まで通り抜けてみた。だが、罎詰類がずらりと並んでいるばかりで、失望した。

「なんてこった。グズベリーのゼリーがどんなものかなんて、誰が構うもんか。一口毒味させてくれたら、このわしは……」

おじいは腹立たし気にいった。

それで気が附いたのだが、僕たちは腹が減っていた。テント張りの料理店へ行った。おじいは、まだ大分残っている自分のお金を、念のためいま一度調べてから、献立表に載っているいちばん値段の高い料理を註文した。

——マロリー教授は、ここでまた突然笑い声を立てた。

「まあ、天国へでも行けば別だろうが、そうでもしなければ、あのとき食べたチキンのフライとコーヒー入りアイスクリームくらい素晴しい珍味を、味うことはまたとあるまい」

今度は若い助手も教授と一緒に声を立てて笑い、教授がふたたび話を始めると、椅子に深ぶかと身を沈めた。

昼飯を済ませてから、僕たちはメリーゴーラウンドに乗ったが、おじいは例の片腕で、赤い駱駝の木で出来たこぶに必死になってしがみつきながら、わしの杖を無くすなよと僕に叫ぶのだ。この遊びは丁度その頃はやり出したばかりで、おじいは一度も経験したことが無かった。最初の一回を終えると、僕たちはレモン水売場にひとまず落着いて、お互いに感想を述べ合った。おじいは、

「じゃ一つ、うんざりするまで乗ってみようじゃないか。こんないい折は、またと来ないかも知れないからな」

といった。そこで僕たちはふたたび攻撃を開始して、何回も何回も、さまざまな木馬の動物に片っ端から乗ってみた。それからようやく、後髪を引かれる思いで、群集に交って競馬場の方へ行った。

僕たちは二十五セントする指定席の方に入った。席に着くが早いか、おじいは競馬の話やら競馬関係の警句やらを僕に聞かせ始めた。それで隣りに坐っていた一人の若者が、馬鹿にしたように笑った。おじいはかっとして、その男にいった。

「この次の勝馬にわしは五十セント賭けるがな」

「ようし」

若者は笑いながら賭に応じた。

おじいは大きな黒い牝馬を選んだ。ところが、そいつは殆どびりに近かった。しかし、おじいは平気で、半ドルの銀貨を相手に渡していった。

「誰だって、時には間違いをやらかすことがあるものだよ。今度の勝馬には、一ドル賭けるぞ」

「ようし」

その虫の好かない若者は、相変らずせせら笑いをやめない。僕は思わず、あっといった。あとには八十七セントしか残らないことを知っていたからだ。おじいは横目で睨んで僕を黙らせると、あの栗毛の去勢馬に賭けると言い放った。

僕たちの馬が勝った。おじいは、その馬が先頭に立って審判席の前を駈け抜けるのを見ると、帽子を地面に叩きつけ、まるで風琴みたいな声で叫んだ。僕は跳んだりはねたりした。あんまり嬉しくて、苦しかった。

五時になっていた。それでいよいよ帰ることにした。僕たちは競馬で儲けた一ドルでペギーの食事代を払った。それでもまだあとにお金が残った。

「いやしくも事をやるなら、常にとことんやるべし」

おじいはいった。そこで僕たちは二十分ほどかかって、有金全部をはたいて、うちの者一人一人に土産物の小間物類を買い求めた。それから、埃にまみれ、文なしになった僕たちは、土産物の包みをかかえ、古ぼけた馬車に乗り、ペギーの頭を山の方へ向けた。帰り道は殆ど話らしい話をしなかった。いまも僕は帰り道の情景を覚えている。そのときまではただ遠くから眺めていたにすぎないインディアン山のうしろに太陽が沈んでいったこと、それから暫くすると、うちのうしろの懐しい僕たちの山、あのヘムロック山の上のあたりに星がまたたき始めたこと、やがて足もとを流れる河に沿った草地に、闇が次第に濃くなって行き、蛍がいっぱい飛び始めたことを。

おじいの大胆不敵な精神に、僕はまだ酔っていた。うちへ帰るとどんな目に会うか、そんなことは一切考えなかった。はじめのうちおじいは、ときどき思い出したように、

「わしがあの馬に賭けたのは、あれだけ馬が沢山いた中で、臀が痩せていなかったのはあいつだけだったからだ。あいつの臀に賭けたわけなのさ」

などとしゃべっていたが、やがて湿っぽい夕方の空気のために喘息の発作が始まると、黙り込んでしまい、ただ時折苦しそうな、大きな咳をするだけとなった。

心配で心を痛めていたうちの者は、この咳を聞きつけた。ペギーが疲れた足でとぼとぼと坂道を上って行くと、親父は駆け下りて来て、僕たちを迎えた。

「どこへ行ったんだ」

親父は尋ねた。提燈の光で見る親父の顔は、色青ざめてきびしかった。

「祭りへ行って来たんだ」

おじいはしゃがれた声でいったと思うと、横にいる僕の方へ倒れかかって来た。ペギーはぱ

ったり立ち止まると、首を垂れた。力尽きたという恰好であった。僕はひどく疲れていた。それに親父が何というか、それが怖ろしくてたまらなかった。そこへおじいが倒れて来たから、大声で泣き出した。

親父はおじいを馬車から抱き下すと、あとに残った僕の方を見向きもしないで、そのまま意識を失ったおじいの身体を家の中へ運び入れた。拳を握って両方の眼を押え、泣きじゃくりながら馬車から這い下りた僕をお袋が抱いてくれた。

「まあまあ、いたずらっ子のジョーや。ママの大事ないたずらっ子や」

とお袋はいった。

で、思い出多い僕たちの一日は、こうして終りを告げた。姉の一人がいって聞かせてくれたところによると、おじいは何か発作を起したので、医者を呼びに行かねばならず、大騒ぎしていたのに、僕はくたくたに疲れていたので、食事をしながら眠り込んでしまった。お袋が僕を寝床に入れてくれたに違いない。次に覚えているのは、お袋が僕の肩をゆすって、こういったことだ。

「起きておくれ、ジョーや。曾祖父さんがお前に話したいことがあるそうだから。一晩中ひどくお苦しみだった。お医者さまは、もういけないっておっしゃってるんだよ」

お袋のあとについておじいの部屋に入ってみると、家族がみんなベッドのまわりに集まっていた。おじいは身体を縮めてまるくなり、呻き声を立てていた。ところが、僕が部屋に入って一、二分もすると、おじいは突然大きな溜息をつき、両足を伸ばし、僕の方を見て笑い顔をしてみせた。

「どうだい、ジョー。行ってよかったろう」

元気よくこういうと、おじいは眼を閉じて静かに眠り始めた。

「そのまま亡くなられたのですか」

若い助手は、身体を乗り出して尋ねた。

「死んだかって、あのおじいが？」

とマロリー教授は続けた。

どうしてどうして、翌朝になると、よろよろしながらもちゃんと食事に下りて来た。かすれた声を張り上げて、祭りの様子を話して聞かせたので、面白くてみんな食卓から立てなくなった。しまいには親父までが、そいつは一つ、来年こそみんなを連れて行ってやらねばなるまいというのだった。

食事が済むと、おじいはヴェランダへ出て腰を下し、ペギーが庭の草を食べるのを眺めていた。僕が出て行くと、自分のところに来るようにいって、僕の耳に唇をつけて囁いた。

「七人目の奴も先が長くないそうだ」

おじいは暫くの間、頭を振りながらひとりで笑っていたが、やがてまたいった。

「おい、ジョー。わしはな、長い間生きて来た。それで人間というものについていろいろなことを学んだ。この人生をうまく渡って行くにはな、どんどん元気よくやって行って、あとは運を天に任せるのが一番だ。ジェロボーアム・ウォーナーの奴がよくいったようにな。——こいつは一八一二年の戦争でわしと聯隊が同じだったが。おっかなびっくりやっているようでは、半分死んでいるのも同じことだって」

おじいは、一瞬、言葉を止めて考え込んだ。

「ジェロボーアムの奴がそんなことをいったのは、ランディ・レインの戦いで戦死する前の晩のことだった。ところで、わしのモットー、わしがそのおかげでこの八十八になるまで生きて来たモットーを、お前に聞かせてやろう」

マロリー教授は、助手の上におおいかぶさるようにしながら、片手でいま一方の手を発止と打って叫んだ。

「おじいが聞かせてくれたモットーは、こうだった。——命ある間《ま》に生き、悔いなくして死ね」

# 少年たち

清水さんが花を届けてくれた。朝、畑へ行った帰りに持って来てくれた。コスモスもある。それから、妻に名前を教わったのだが、郭公あざみ。薔薇だけ一つにまとめてある。数えてみると、十本ある。秋咲きの最初の薔薇だ。エイヴォンは入っていない。

添えてあったはがきに、

「薔薇の方は、いまだにまったく駄目で、人様に差上げられるような花は、いつまで待っても咲きません」

と書いてある。

この前、エイヴォンが三本入ったのを下さったときも——あれは八月のはじめであった——、

「差上げられるような薔薇じゃないですけど、エイヴォンが咲きましたので」

といって届けてくれた。

「差上げられるような薔薇でない」というのは、清水さんの口癖である。

なるほど、十月下旬のこの朝、畑から切り取って持って来て下さった十本の薔薇は、みんな小ぶりであった。どれか一本を仕事机の上の花生けに活けることにした。

「どれにしますか」

と妻がいい、オレンジ色のを私は指した。

次の日、花生けに活けた薔薇は、少し大きくなった。

「何という薔薇なんだろう」

「そうですね。ウインナー・チャームというのじゃないかと思いますけど」

妻は、清水さんから前に頂いた「ばら目録表」というのを持ち出して、調べてみた。やはり、ウインナー・チャームという薔薇らしい。

「美しいオレンジ色で、オレンジ系品種のなかの逸品」

と書いてある。

妻はこれまで清水さんから薔薇を頂く度に、ひとつひとつ名前を教わることにしていた。それでオレンジ色のウインナー・チャームは、清水さんの口からじかに名前を聞いて覚えた。ウイスキーというのもオレンジ色で、或るとき、妻が間違って、ウイスキーですかといったら、清水さんは目をまるくして、

「いいえ、ウインナー・チャーム」

といった。そんなことがある。

仕事机の上の花生けのウインナー・チャームは、三日目になると、大きく花弁が開いた。これならいくら控え目な清水さんでも、

「差上げられるような花じゃないですけど」

とは、いわないだろう。

オレンジの色が、やわらかで、品が良く、ふっくらしている。清水さんが妻にくれた「ばら目録表」によると、

「非常に花持ちがよい」

と書いてある。

今回は、『チェーホフ著作集』第四巻（中村白葉訳・三学書房）から、「少年たち」という短篇を紹介したい。

この『チェーホフ著作集』は、戦争中の昭和十八年五月一日、第一回配本の「桜の園」（ほかに「かもめ」「伯父ワーニャ」「三人姉妹」）をもって刊行を始めたものだが、出版事情が悪くなったために、昭和十九年九月二十五日発行の「三年」（ほか「アリアードナ」など中短篇六編を収める）の第六回配本を最後に刊行を中止した。予定としては第十九巻まで出ることになっていたから、残念なことに三分の一しか出版できなかったことになる。

最終回の配本となった第十一巻に挟まった『チェーホフ著作集』月報第六号に、訳者の中村白葉の「一時休刊に際して」という文章が掲載されている。

「……さもあれ、本著作集は、この第六回配本を以て一時中止の已むなきに至つた。いつまで中止になるか、それはわからない。すべて、戦争の情勢次第である。その代り、情勢さへ変ればすぐ出版を続けて行くことになつてゐる」

といい、また終りに、

「今、ここで一時お別れはしても、再会の日は必ずくるであらう。ただ、読者諸君の御健勝と将来の可能性を祈つてやまない」

と悲壮な覚悟を述べている。

月報の編集後記には次のようにしるされている。

「創刊以来多大の御声援を賜つた愛読者各位に対しましてはまことに心苦しい次第ですが、大東亜戦争完遂といふ国家的目的のためには、又止むを得ざる措置でございますから、何卒御諒承願ひます。

尚、訳者はこの仕事を決して中止するものではなく、飽くまで倍旧の努力を傾け完成に邁進するさうでございますから、小社としても国家の事情の許される暁には、再び全力を挙げて刊行を続けたい念願を持つて居ります」

また、「少々内輪のことになりますが」と前置きして、この著作集創刊以来、企画、編集、校正その他に当って来た小社編集部員の田井中久弥君が、過日応召、既に征途につきましたと報告し、

「チェーホフ著作集の完成を念願しつつ征途につかれた田井中君の武運長久を読者と共に祈りたいと念じます」

と結んでいる。

では、中村白葉訳・三学書房版の『アントン・パーヴロギッチ・チェーホフ著作集』は、その後、どうなっただろうか。海軍から復員した私が、戦後間の無いころに大阪阿倍野の古本屋の本棚で見つけたときは、全部で六冊きり、それに昭和十八年十二月二十日発行の、チェーホフの回想、作家論、作品論、研究を収めた中村融訳『チェーホフ論攷』（三学書房）を加えた七巻であった。刊行再開は、やはり、無理だったのである。戦争末期に召集を受けて戦地へ赴いた編集部員の田井中君は、どうなっただろう。応召の時期からすれば、おそらく行く先は南方戦線ではなかったかと思われるが、無事に日本に帰って来ただろうか、どうだろう。

半端の『チェーホフ著作集』ではあったが、これを古本屋で買って、抱えて帰ったときは嬉しかった。大きな判型の、手に持つと、しなやかな、撓むような感触を受ける本であった。戦争が終った翌々年の夏、私は『チェーホフ著作集』の六冊を机の上に積み上げて、ひと夏をチ

エーホフを読んで過そうと決心したことを思い出す。戯曲の勉強のために「桜の園」「三人姉妹」を念入りに読み直すことと、短篇小説を出来るだけ沢山読むというのが、私の立てた二つの目標であった。

今回、取り上げるつもりの「少年たち」は、このとき、初めて『チェーホフ著作集』第四巻のなかで読んで面白いと思った短篇である。

いま、私の本棚に残った七冊のうち、古くなったカバーがすり切れて半分取れてしまったのがある。ちぎれたところをセロ・テープで貼りつけたのがある。カバーばかりか、綴糸がゆるんで表紙が取れかかった巻もある。

カバーは、唐草模様でかこんだなかにアントン・パーヴロギッチ・チェーホフ著作集という文字の入った、青山二郎装幀のものであった。薄茶色の地にまわりの唐草模様の部分がうすいブルー、文字はセピア。そうして、カバーの裏表紙には、唐草模様で縁をかこんだ中にその巻に収めた作品の題名が印刷されている。

『チェーホフ著作集』第四巻（昭和十九年二月発行）は、今度、本棚の上の方から取り出してみると、カバーの背表紙の下の方の部分が取れかかっていた。私は、昔は長女が、今は妻が使っている勉強机の上からセロ・テープを取って来て、貼りつけた。カバーの背表紙が半分、取れてしまうところであった。

ではこの辺で「少年たち」を読むことにしよう。

「ウォロージャが着いたよ！」と、誰かが外で叫んだ。

「ウォロージチカがお着きになりました」とナターリャが、食堂へ駆け込みながら、叫び出した。「ああ、有難い！」

クリスマスの休暇に中学へ行っているウォロージャが帰って来るのを今か今かと待ちかねていたコロレーフの家族全員が大よろこびして迎える場面からこの短篇は始まる。

みんなが飛び出して来ると、ウォロージャはもう橇から降りて玄関に立ち、真赤に凍えた指先で頭巾の紐を解いていた。母と叔母とは、いきなりウォロージャに飛びついて接吻する。ナターリャは、足許に身を伏せて、フェルト靴を脱がせにかかる。妹たちは金切り声を上げる。ウォロージャの父親は、チョッキ一枚で、手に鋏を持ったまま玄関へ駆け込んで、びっくりしたような声で叫ぶ。

「おれたちはお前を、昨日から待ってたんだよ。道中はどうだったかね？　何事もなかったかね？　やれやれ、さあ、この子にひとつ父親と挨拶をさせてくれ！　おれは父親じゃないか。そうだろう？」

大きな黒犬のミロールドが、尻尾で壁や家具を叩きながら、吠えたてた。

喜びの最初の爆発が過ぎ去ったときに、コロレーフ一家の者は、ウォロージャのほかになお一人の小さい男、肩かけやショールや頭巾にくるまって、霜におおわれた人が隅っこの方に立っているのに気が附いた。

「ウォロージチカ、これはどなたださえ？」

と母親が小声で訊いた。

「ああ！」とウォロージャはいった。

「これはね、僕の友達のチェチェヴィーツィン。二年級の生徒です。……僕、うちへお客に連れて来たの」

「それは、それは、よく来て下すった！」

と父親は嬉しそうにいった。

「ご免なさい。わしはこんな風をして、フロックも着ないで。どうぞ！ ナターリャ。チェレピーツィンさんの外套を脱がせて上げなさい。やれやれ、この犬を追っ払ってくれ！ これは刑罰だ」

暫くすると、ウォロージャとその友チェチェヴィーツィンとは、騒がしい歓迎にぼんやりしてしまい、寒さからまだ真赤な顔をして、食卓に向ってお茶を飲んでいた。

「さて、もうじきまたクリスマスじゃ！」

と父親は、紙巻煙草を作りながら、歌うような調子でいった。

「この夏、お母さんがお前を見送って泣いたのが、それほど古いことだろうか？　それだのに、お前はもう帰って来た。時のたつのは本当に速いもんじゃ！　あっという間もないうちに、たちまち老年が来てしまう。チビーソフさん、どうぞ遠慮せんで上って下さい！　うちじゃなんにもお構いしないから」

ウォロージャが連れて来た友人の名前は難しい。父親が呼ぶ度に少しずつ変って来るところがおかしい。

ウォロージャの三人の妹、カーチャとソーニャとマーシャ――一番上が十一であった――は、食卓に向ったまま、新しい知人から眼を離さないでいた。チェチェヴィーツィンは、年頃も背丈もウォロージャと同じであったが、痩形で、浅黒くて、そばかすだらけの顔をしていた。彼は始終黙りこくって、笑顔ひとつ見せなかった。絶えず何か考え込んでいて、何か訊かれると、びくりとして、頭を振って、もう一度質問を繰返してくれと頼むのだった。

少女たちはまた、いつもは快活でおしゃべりのウォロージャが、今度に限って口数が少なく、まるきり笑顔を見せないで、なんとなくうちへ帰ったことを喜んでいないようにさえ思われるのに気が附いた。お茶に坐っている間にも、彼は妹たちにたった一度声をかけたきり、それも何やら変なことをいったに過ぎなかった。彼はサモワールを指して、こういったのである。

「カリフォルニヤではお茶の代りにジンを飲むんだよ」

ウォロージャも同じように、何かの考えに捉えられていた。

お茶が済むと、みんなは子供部屋へ行った。父親と少女たちは、卓の前に座を占めて、少年たちの到着で中断されていた仕事に取りかかった。彼等は、色とりどりの紙でクリスマス・ツリーを飾る花や総《ふさ》を作っていた。新しい花が一つ出来上る度に、少女たちは歓声を上げてそれを迎えた。父親も同様夢中になっていて、時には、鋏が切れないといって怒って、床の上へ投げつけたりした。母親は、ひどく心配そうな顔つきで子供部屋へ駆け込んで来ては、こう尋ねるのだった。

「わたしの鋏を持って行ったのは誰？　イワン・ニコラーイチ、あなたまたわたしの鋏を持っていらしたのね？」

「やれやれ、鋏まで貸しちゃくれんわ！」

イワン・ニコラーイチは泣きそうな声でこう答えて、椅子の背に身を投げかけるのだが、一分たつと、もうまた夢中になってしまうのだった。

これまでの帰省のときには、ウォロージャも一緒になってクリスマス・ツリーを作ったり、駁者や牧夫が雪の山を作るのを見に庭へ駆け出したりしたものだったが、今は、彼とチェチェヴィーツィンとは、美しい色紙にも眼をくれず、厩などへも一度も顔を出さないで、窓際に坐ったきり、何ごとかひそひそ囁いていた。それから二人は地図帳を開いて、どこかの地図を調べ始めた。

「先ずペルミへ行くんだよ」と小声でチェチェヴィーツィンがいった。

「それから、チュメーニ。それからトムスク……それからカムチャーツカへ。そこからはサモエード人が、船でベーリング海峡を渡してくれる。すると、今度はもうアメリカさ。そこには毛皮のとれる獣が沢山いるんだぜ」

「じゃ、カリフォルニヤは？」とウォロージャは訊いた。

「カリフォルニヤはもっと下の方だよ。アメリカへさえ行けば、カリフォルニヤなんか訳はないよ。途中の食い物は猟をしたり泥棒したりすればいいんだからね」

チェチェヴィーツィンは終日少女たちを避けていたが、夕方のお茶の後で、五分間ばかり、彼はひとりきり少女たちと一緒に残された。黙っているのもばつが悪かった。彼はむずかしい顔をしてカーチャを見て、こう尋ねた。

「あなたは、マイン・リード（註・イギリスの小説家）を読みましたか？」

「いいえ、読まないわ。ねえ、あんたお馬に乗れて？」

自分ひとりの物思いに沈んでいたチェチェヴィーツィンは、この問いになんとも答えず、暑くてたまらぬというような溜息を一つついた。彼は、もう一度カーチャを見て、いった。

「野牛の群れが大草原を駈けて行く時にはね、地面が震えるんだって」

チェチェヴィーツィンは、悲しそうな笑顔になって、言い足した。

「それからね、インディアンが汽車を襲撃することもあるんだよ。君、僕は誰だか知ってる？」

「チェチェヴィーツィンさん」

「うん。僕はね、帰順しない土人の大将のモンチゴモ・ヤストレビーヌイ・コーゴチだよ」

完全に不可解なチェチェヴィーツィンの言葉。彼が絶えずウォロージャとひそひそ話をしていること。ウォロージャがしょっちゅう何か考え込んでいること――こうしたことはみな、謎めかしい、奇妙なことであった。それで、上の二人の少女、カーチャとソーニャとは、少年たちの行動に注意し始めた。その晩、少年たちが床についたときに、少女たちは戸口へ忍び寄って、彼等の話をぬすみ聞きした。おお、彼女たちは何を知っただろう？　少年たちは黄金を手に入れるために、アメリカあたりへつっ走る計画をしていたのである。旅の用意はもうすっかり調っていた。――ピストル、ナイフ二挺、ビスケット、火を得るための廓大鏡、コンパス、現金四ルーブリなど。少女たちは、少年たちがこれから数千露里を徒歩で行かねばならないこと、途中で虎や野蛮人と戦わねばならないこと、黄金や象牙を手に入れたり、海賊の仲間入りをしたり、ジンを飲んだり、最後には美人をお嫁さんにして農場を経営しなければならないことなどを知った。ウォロージャとチェチェヴィーツィンとは、話すときにも夢中になって、互いに相手を遮り合っていた。チェチェヴィーツィンは、自分を「モンチゴモ・ヤストレビーヌイ・コーゴチ」と名づけ、ウォロージャを「蒼白き仲間」と呼んでいた。

「あんた、気を附けて。ママにいっちゃ駄目よ」

と、一緒に寝に行きながら、カーチャがソーニャにいった。

「ウォロージャはあたし達にアメリカから金《きん》と象牙を持って来てくれるのよ。あんたがママにしゃべると、ウォロージャは行かしてもらえなくなるからね」

クリスマスの二日前、チェチェヴィーツィンは終日アジアの地図を調べて、何やら書きとめていたが、ウォロージャは疲れたような、むくんだような顔をして、憂鬱そうに家の中を歩きまわるだけで、何ひとつ口へ入れなかった。一度など彼は、子供部屋の聖像の前に立ち止って、十字を切って、こういったくらいである。

「神様、罪の深い僕をお許し下さい！　神様、僕の気の毒な、不仕合せなお母さんをお守り下さい！」

話の途中だが、ここで孫娘の文子のことを報告したい。

この頃、フーちゃんは紙に鉛筆や色鉛筆でかくのが面白くなっている。秋のお彼岸の中日に妻がおはぎをこしらえて、長男と次男のところに届けた。ほかに焦げたご飯をおにぎりにしたのを三つ――フーちゃんはおにぎりが好きなので――それから葡萄。妻の話を聞くと、はじめ庭から入ると、硝子戸にフーちゃんのうれしそうな笑顔が見えたという。顔の半分から上だけが見える。母親のミサヲちゃんが戸を開けてくれた。

フーちゃんは赤鉛筆を持って紙に何やらかいていた。最初に葡萄の入った紙袋を渡すと、フーちゃんは中を覗いてみて、台所へ持って行った。おにぎりの箱もおはぎの箱も、次々と台所へ持って行く。妻がミサヲちゃんと今度、次男が会社の研修旅行でニューヨークへ行くときに四日間泊るホテルのことを話している間、フーちゃんは赤鉛筆で紙に何かかいていた。

その翌日、昼前に妻と散歩に出ようとしたところへ、ミサヲちゃんと、フーちゃんをおぶった次男がお彼岸のお参りに来てくれた。

お盆とかお彼岸に、書斎のピアノの上の父と母の写真の前にお参りしてくれる。

次男とミサヲちゃんが書斎に入り、フーちゃんを呼んで、

「パンパンするの」

といったけれども（神社のお参りではないから本当は手を打って「パンパン」しないのだが、そういった）、フーちゃんはお父さんとお母さんと一緒に「パンパン」しないで、逃げてしまった。

ミサヲちゃんは市場へ買物に行くので、玄関から出て行く。そのあと、フーちゃんは何度か玄関の方を指さす。妻が玄関までついて行って、

「お母さん、フーちゃんのパン、買って来るからね」

というと、得心したように引返す。

この頃、紙に鉛筆でかくのが面白くなっているので、妻から大きな画用紙を貰って、こちらの部屋の庭に面した机の上で、色鉛筆でかく。次男が、

「こっちの手で」

といって、右の手に鉛筆を持ち替えさせる。

左利きの癖を直そうとしている。自分でかくときは必ず左手で鉛筆を持つ。

次男が猫の顔をかいてみせると、

「ニャーオ」

という。

十月に入ってから一週間ほどすると、亡くなった父の命日が来る。妻が、父の好物であった田舎風のまぜずしを作り、午後、長男の嫁のあつ子ちゃんがミサヲちゃんと一緒におすしを貰いに来ることになっていた。

午後の散歩から帰ると、二人がピアノの前でお参りをしてくれて、これからメロンと紅茶で

お茶にするところであった。ミサヲちゃんに、

「こんにちは、するのよ」

といわれて、フーちゃんは恥かしそうに出て来る。だが、「こんにちは」はしない。この日は昼寝していたところを起して、連れて来られたので、最初から機嫌がよくなかったらしい。メロンを食べよいように切ってある。フーちゃんは手で摑んで食べる。妻の友人の川口さんが届けてくれた手作りのチョコレート・ケーキが前に出ている。フーちゃんは、ケーキを切るナイフを取り、自分で切りたがる。ミサヲちゃんが、「駄目よ、文子」といったら、泣き出しかけた。

妻が手を添えて、ケーキにナイフをそっと当てて、上から押すようにして切らせてやる。ミサヲちゃんは、せっかくのきれいなチョコレート・ケーキを台無しにしてしまいはしないかとはらはらしている。だが、妻が手を添えてうまく切れるようにした。一切れ、二切れ、三切れ。次々とナイフを当ててゆく。私のところからは見えなかったが、あとで妻が話したところによると、フーちゃんは、口を引き締めて、力を入れてナイフを持っていたという。こうしてみんなが見守るなかで、川口さんのチョコレート・ケーキを無事に四分の一くらい切らせてもらって、フーちゃんは満足した。きれいに切れた。

ウォロージャの話に戻る。クリスマスの前日の朝早く、カーチャとソーニャは静かに床を離れて、少年たちの様子を見に戸口へ忍び寄った。

「じゃあ、君は行かないんだね」

チェチェヴィーツィンが怒ったような声で訊いていた。

「はっきりいえよ。行かないんだね」

「ああ！」

ウォロージャは静かに泣いていた。

「僕にどうして行けよう？　僕はママが可哀そうなんだもの」

「蒼白き仲間よ、僕が頼む。行こうよ。君は行くって約束して、自分で僕を誘ったんじゃないか。それでいて、いざ出かけるとなると、もう怖気づいてるんだ」

「僕……僕。怖気づいたんじゃないよ。ただ僕……僕ママが可哀そうなんだよ」

「君、はっきりいえよ。行くのか、行かないのか」

「僕、行くよ。ただ、もう少し待ってくれよ。僕もう少しうちにいたいんだよ」

「それなら、僕はひとりで行くよ。君なんか来なくたっていいよ。僕は虎狩りをしたり、戦争をしたりするつもりでいたんだ。それなら僕のピストルを返しておくれよ」

ウォロージャがあまり烈しく泣き出したので、妹たちもたまりかねて、誘われて小声で泣き出してしまった。

「じゃあ、君は行かないんだね」

もう一度、チェチェヴィーツィンが訊いた。

「ゆ……行くよ」

「じゃあ、支度をしなよ」

そして、チェチェヴィーツィンは、ウォロージャを説き伏せるために、虎のように吠えたり、汽船のよさを描いてみせたり、ウォロージャに象牙を全部と、虎の皮全部を与える約束をした。と、この痩せっぽちの、色の浅黒い、そばかすだらけの少年が、少女たちには大変えらい人のように思われた。そして彼は、扉の外で聞いていると、実際、虎か獅子が吼えているかと思われたほど、上手に吼えた。

少女たちが自分の部屋へ戻って着換えにかかったとき、カーチャは眼を涙でいっぱいにして、いった。

「ああ、あたし恐ろしくてたまらないわ」

家族一同が食事に坐った二時までは万事静かであったが、食事の間に少年たちの姿の見えないことが分った。下男部屋や厩や離れの管理人の許へ人を走らせた。そこには、彼等はいなかった。村中へ人を出した。そこにも彼等の姿は見つからなかった。それから、次のお茶も少年たちなしで飲み、やがて夜食の卓についたときには、母親は心配のあまり泣き出してしまった。夜中に人々はまた村中を探しまわり、火をつけて河まで捜索した。ああ、何という騒ぎが起ったものだろう。

翌日、駐在巡査がやって来て、人々は食堂で何かの書類をしたためた。母親は泣いていた。が、やがて車寄せに大橇が停って、三頭曳きの白馬から湯気が立ち昇った。

「ウォロージャが帰った！」

と誰かが外で叫んだ。

「ウォロージチカがお帰りになりました！」

とナターリャが、食堂へ駆け込みながら、叫んだ。

そして、黒犬のミロールドがバスで吠え出した。つまり、少年たちは町の宿屋で取り押えられたのであった。——彼等はその町を歩いて、火薬を売っているところを尋ねまわったのである。ウォロージャは玄関へ入ると、わっと泣き出して、母親の首に飛びついた。少女たちは震えながら、これからどうなるだろうと怖ろしい思いをしたり、父親がウォロージャとチェチェヴィーツィンを書斎へ連れ込んで、長いこと話しているのを聞いたりした。母親も同じように、何かいっては泣いていた。

「よくもこんなことが出来たもんだね」

と父親はいった。

「万一、学校へ知れようものなら、お前たちはすぐさま放校だぞ。チェチェヴィーツィンさん、あんたも恥かしいことですぞ！　いけません。あんたが張本人じゃ。あんたも、きっと御両親からお小言を頂戴されるじゃろう。よくもこんな真似が出来たもんだね。いったい、どこで泊まったんだね？」

「停車場で！」

とチェチェヴィーツィンは威張って答えた。

ウォロージャはその後で床につき、彼の頭には酢に湿したタオルが載せられた。どこかへ電報が打たれた。翌日、チェチェヴィーツィンの母という婦人が着き、その息子を連れて行った。

チェチェヴィーツィンが立ち去るとき、その顔は荒々しい表情を浮べていた。そして、少女たちと別れるときも、彼はひとことも口を利かなかった。ただ、カーチャの持っていた手帳を取って、それに記念として次のように書いた。

「モンチゴモ・ヤストレビーヌイ・コーゴチ」

# 精進祭前夜

夕方、図書室の窓際のベッドで本を読んでいたら、清水さんが届けてくれた花を妻が見せに来た。薔薇ばかり一つにまとめた中に椿の白い花を加えたもの。それから、「さらしなしょうま」という名前の、白い野草の花。大きな梨を一個とべったら漬も下さった。

薔薇は十四本。なかに赤いエイヴォンが一つ入っている。清水さんは、

「エイヴォンの蕾が一つだけ出ましたので、まだ固いのですけど、切りました。咲きませんでしょう」

といって、薔薇の花束を渡してくれたそうだ。

秋咲きの初めてのエイヴォンだ。早速、妻が書斎の机の上の花生けに活ける。久しぶりのエイヴォンで、うれしい。

その前の日に南足柄から長女が末の男の子の正雄を連れて来て、網戸を全部物置に片附け、物置から石油ストーブを出して、いつでも焚けるようにし、硝子戸をきれいに拭き掃除してく

れた。午後、ミサヲちゃんがフーちゃんを連れて来た。

私が午後の散歩から帰ると、

「じいたんが帰ったよ」

という妻の声とともに、みんな——長女、正雄、ミサヲちゃん、フーちゃんが玄関に出て来る。フーちゃんは、おどけて笑ってみせる。「じいたん、ない（いない）」といっていたのと妻がいう。

妻の話。硝子拭きをしてくれている長女が、庭から硝子戸に吹きつけのグラスターで猫の顔をかくと、フーちゃんは畳の上に引繰り返ってよろこぶ。次に「ぞうさん」をかくと、また引繰り返ってよろこぶ。

ミサヲちゃんの話。この頃、家で鉛筆で紙にかくのに熱中している。鉛筆のことを「じーじー」という。「じーじー」を出してもらって紙に何かしらかく。面白くて仕方がない。

清水さんのくれた、机の上の花生けのエイヴォンは、三日目、少しふくらんだ。

そばの低いテーブルの切子硝子の鉢には、残りの薔薇、白、うすい黄色、うすい淡紅色のが活けてある。ピアノの上の花瓶にも、玄関の花生けにも、白い、大きな薔薇。

「清水さんのおかげで家中きれいになった」

と妻がよろこぶ。

四日目になると、書斎の机の上の花生けのエイヴォンの蕾が開いて、大きくなった。花生けの口から出ている葉のかたちがいい。花を下さったとき、清水さんは妻に、「咲きませんでしょう」といったけれども、咲いた。立派なエイヴォンである。

南足柄から末の子を連れて長女が来た前の日が、長女の誕生日であった。そこで妻は、昼御飯にお赤飯と松茸の土瓶むし、はまちの切身のつけ焼きなどを出して祝ってやった。それから日比谷で買ったブラウスと、自分の持っていたスカートと、本屋で買って来た文庫本の「レ・ミゼラブル」を、誕生日の贈り物にした。「レ・ミゼラブル」は全部で五冊ある。

長女は、最近、同じ文庫本の「レ・ミゼラブル」（佐藤朔訳）の㈠を買って来て、読み始めたところであったので、よろこんだ。

松茸は友人が送ってくれた関西のもので、長女が南足柄から来たら土瓶むしにして食べさせて上げようと、妻がいちばんかたちのいい大きいのを一本残してあった。冷蔵庫に入れると乾くので、半紙に包んだのをうすいポリ袋に入れ、空気を通す穴を明けておき、その半紙を何度も取り替えた。

長女が来るまで「松茸がもつかしら」と妻は気にしていたが、保存がうまく行って、送って頂いたときと変りのない状態の松茸を土瓶むしにして出すことが出来た。長女は思いがけない松茸によろこび、同じように土瓶むしを一人前作って貰った三歳の正雄に向って、

「お母さんの松茸、欲しいといっても上げないよ」

と、食べる前にいい聞かせた。

南足柄の長女から葉書が来た。表書きの下三分の一を使って書いた上に、自分の所書きの上の部分に、どんぐりの絵を六つかき、おまけにその下に楽譜か何かのように、

「ドングリコロコロ ドングリコ」

と書き入れ、そのどんぐりの一つが空から落ちて来るところを念入りにかき加えてあった。

箱根の外輪山の一つである山の、雑木林のなかの長女の家では、今やどんぐりが毎日庭に降って来ています、ということなのだろう。


四十一歳の誕生日(極秘事項ナリ)の翌日のお昼にあんな心のこもったお昼御飯を作って頂き、そして素晴しい贈り物を頂いて、心もおなかも、お土産ぎっしりの縞のバッグもふくらませて帰宅しました。本当にくつろぎとやすらぎの極上金印の一日を有難うございました。たきたてのお赤飯と、松茸がぎっしり入った湯気の立つ土瓶むし、とれとれの部厚いはまちの切身のつけ焼き、かぶの三杯酢、温野菜にすり胡麻、お茶、本当においしかったです。物置でがさごそしている間にあんな素敵なお昼御飯を用意してもらえるなんて、竜宮城の浦島さんの気分でした。

黒と白のチェックのブラウスは、ほっそりと上品で、早速着てみて、鏡の前で百面相をしました。「アンティーク」の秋の色のスカートは、ぴったり山の色と合いました。そして、読みたくて㈠だけ買ってあった「レ・ミゼラブル」。テレパシーが通じたみたいですね。肉体労働ばかりしていて、暫く本と遠ざかっていて、本に飢えていたところなので、とても嬉しいです。似合っても似合わなくても、ワタクシ、この秋冬は、「レ・ミゼラブル」になり切ってしまいます。わーい！　百万回、「ありがとうございました」。お元気でね。

これで長女から来た礼状の葉書は終り。さて今回は、前回の「少年たち」に引続いて、中村白葉訳・三学書房版『チェーホフ著作集』第四巻より「精進祭前夜」を読んでみることにしたい。

戦争が終った翌々年の夏（その年の秋にはじめての赤ん坊の長女が生れた）、机の上にこの『チェーホフ著作集』六冊を積み上げて、チェーホフを読んで過した。「桜の園」「三人姉妹」を念入りに読み返し、短篇を出来るだけ沢山読むというのが、その夏、私のたてた二つの目標であったことは前回お話しした通りだが、このとき読んだチェーホフの短篇小説のなかでいちばん気に入ったのが、これから紹介する「精進祭前夜」であった。

私の仕事机の上の花生けには、パパメイアンという薔薇が活けてある。清水さんが畑から持って来て下さった。そのときはホワイト・クリスマス、いちばん香りが強い薔薇という「真珠」、そとおり姫、銅色のジュリア、淡紅色のレディ・ラックなど、全部で十二本の薔薇とかっこうあざみを頂いた。パパメイアンは赤い薔薇だ。びろうどのような、濃い赤で、エイヴォンとは赤の色が違っている。沢山薔薇を頂いたので、家の中が賑やかになった。妻は、書斎の机の上の、開き切ったエイヴォンをパパメイアン(二本あった)の一つと活け代えた。そのときは蕾であったパパメイアンが、二日あとにはいいかたちにふくらんで咲いた。


チェーホフの「精進祭前夜」は、ペラゲーヤ・イワーノヴナが寝室で眠っている夫のパーヴェル・ワシーリイチを起して、子供の勉強をみてやって頂戴と頼む場面から始まる。

「パーヴェル・ワシーリイチ!」とペラゲーヤ・イワーノヴナが夫を起す。

「ねえ、パーヴェル・ワシーリイチ! あなた行って、少しステーパの勉強をみてやって頂戴よ。あの子は本の前に坐ったきり、泣いていますわ。また何かわからないんでしょう」

パーヴェル・ワシーリイチは起き上り、あくびをしながら十字を切って、いう。

「ああ、今すぐ行くよ、お前」

長靴を履き、ガウンを引っかけて、パーヴェル・ワシーリイチは、寝起きのしかめ面のままで寝室から食堂へと出て行く。窓の上で魚のゼリーを嗅ぎまわしていた猫が、床へ飛びおりて、戸棚の蔭へ隠れる。(さっきまでパーヴェル・ワシーリイチと一緒に眠っていて、細君に起された拍子に目を覚ました猫のことがはじめに出て来るから、これは二匹目の猫だ)

「誰に頼まれてこんなものを嗅ぐんだ！」

と彼は、魚に新聞紙をかぶせながら、どなる。

「こんなことをすると、貴様はもう猫でなくて、豚だぞ」

食堂からひとつの扉が子供部屋へ導く。そこには掻き傷だらけの卓の前に、中学二年生のステーパが、泣いたような眼をして腰かけている。両膝を顎すれすれのところまで持ち上げ、それを両手で抱いて、支那人形のように身体を揺りながら、むっつりとして数学の問題集を見つめている。

「勉強だね？」

パーヴェル・ワシーリイチは卓のそばに坐り込んで、あくびまじりにこう尋ねる。

「さて、兄弟。今日までみんなは思う存分に遊んだり、寝たり、食べたりして来たが、明日からは精進で、乾物を食べたり、懺悔をしたり、一所懸命働いたりしなければならぬ。すべての時期というものは、それぞれ限度のあるものだ。お前のその泣いたような眼はどうしたことだい？　暗記物に参ったのか」

「あなた、そこで何を子供にからかっていらっしゃるの？」

と次の間からペラゲーヤ・イワーノヴナが叫ぶ。

「からかってないで、教えておやりになればいいのに。明日はまた一点を貰って来るじゃありませんか。困りますわよ」

「お前、何が分らないんだい」

と、パーヴェル・ワシーリイチはステーパに訊く。

「これよ。分数の割算よ」

と、こちらは怒ったように答える。

「分数を分数で割るんだよ」

「ふん。馬鹿なやつだな。そんなものがなんだ。何もむずかしいことなんかないじゃないか。分数を分数で割るには、その目的のために、最初の分数の分子を第二の分母に掛けなくちゃならん。すると、それで商の分子が出る。さて、次に第一分数の分母と……」

「僕、そんなこと、お父さんに聞かなくたって知ってるよ」

と、ステーパは卓の上から胡桃の殻をはじき飛ばしながら、父親を遮る。

「それよりお父さん、証明してみせて下さいよ」

「証明？　よろしい、鉛筆をお貸し。いいかね。仮に八分の七を五分の二で割るとするね。いいね。この場合の秘訣は、だね。これらの分数を、一つを一つで割るということにあるんだろう……。サモワールは支度したかね？」

「知らないや」

「もうお茶を飲む時間だよ。七時過ぎたもの。さ、いいかね、お聞き。まあこういうふうに考えてみようじゃないか。仮にだね、八分の七を五分の二でなくて、二で割るとしてみよう。つまり、ただ分子だけでだね。割ってみよう。どうなるね」

「十六分の七」

「そうだ、えらいぞ。さて、要はだ。いいかね、もしわれわれが……。もしわれわれがだね、二で割ったとすればだ、すると……。待てよ、おれも間違えたぞ。ところで、今も覚えているが、おれたちの中学の数学の先生は、シギズムンド・ウルバーヌイチというポーランド人だった。この先生がだ、こういうふうに、よくまごついたもんだ。定理を証明しかけて、まごつく。真赤になって、教室中を駆けまわる。まるで誰かに背中を針で突かれでもするように。それから、五遍ばかりも鼻をかんで、しまいに泣き出す。しかし、われわれは寛大なもんだった。そんなことには気も附かないような顔をしていた。――先生、どうなさったのです。シギズムンド・ウルバーヌイチ？　歯でもお痛みになるんですか？　こんなふうに訊いたもんだ。お父さんたちのクラスは、泥棒どもの寄り合いだった。乱暴者の寄り合いだった。それがどうだ、みんなこの通り寛大だったのだ。お前のような小さな生徒は、お父さんたちの時分にはいなかった。みんなのっぽで、見れば見るほどでかい奴ばかりだ。三年級にママーヒンという生徒がいた。ああ、なんて大した怪物だったろう！　そいつが歩くと床がぐらぐらするし、うっかり拳骨で背中でも叩かれようものなら、息が止ってしまうくらいだ。われわれ生徒ばかりでなく、教師たちまでその男を怖がっていたもんだ。そういうわけで、このママーヒンがだね」

扉の外にペラゲーヤ・イワーノヴナの足音が聞える。パーヴェル・ワシーリイチは、扉の方へ目配せして、こう囁く。

「お母さんが来た。勉強しよう。そこでだね、お前、いいかね」

と彼は声を高める。

「そこで、このためには、第一の分数の分子を……」

「お茶を上りにいらっしゃい」

と、ペラゲーヤ・イワーノヴナが叫ぶ。

パーヴェル・ワシーリイチとその息子とは、算術を放り出して、お茶を飲みに行く。食堂には既にペラゲーヤ・イワーノヴナが腰を据え、いつもお祈りばかりしている伯母さんと、もうひとりの、耳の聞えない叔母さんと、ステーパを取り上げた産婆のマルコーヴナばあさんが卓を囲んでいる。サモワールは音を立てて湯気を吐き、大きな波形の影が天井を這う。玄関からは寝呆け面の猫どもが、尻尾を立てて入って来る。

「さあさあ、マルコーヴナ。ジャムと一緒に上って下さい」

と、ペラゲーヤ・イワーノヴナが産婆に勧める。

「明日は大精進祭ですから、今日のうちに腹いっぱい飲んでおきなさいな」

マルコーヴナはジャムを匙に山盛りすくって、おずおず口の端へ持って行き、パーヴェル・ワシーリイチの方をちらと横目で見て、なめる。たちまち彼女の顔は、ジャムそのもののような甘い微笑で覆われてしまう。

「このジャムは大変結構でございますね。ペラゲーヤ・イワーノヴナ。あなたのお手製でございますの？」

「ええ、手製ですとも。だって、ほかに誰に頼むんです？　一切わたしは自分でいたしますのよ。ステーポチカ、わたしお前のお茶、あんまり薄くし過ぎやしなかった？　まあ、お前もう飲んでしまったのね。じゃあお貸し。わたしの天使、もう一杯注いで上げるわね」

「そういうわけで、そのママーヒンがだね、お前」

とパーヴェル・ワシーリイチは、ステーパの方を向いて、さっき話しかけていたママーヒンの話を続ける。

「フランス語の教師を我慢することが出来なかったんだ。『おれは貴族だ。フランス人なんかおれの上に立たせられるか。おれたちは十二年（註・一八一二年ナポレオン戦争）にフランス人をやっつけたんだ！』こうどなったもんだ。そこで勿論、その男は打たれた。こっぴどく打たれた。が、この男は、打たれそうだと見ると、窓へ飛び上って、忽ち逃げてしまったものだ。そして、五、六日たっても、学校へ姿を見せない。母親が校長のところへやって来て、祈るようにして頼む。『校長先生、一生のお願いでございます。どうぞうちのミーシャを見つけて、あの卑怯者をうんと鞭打って下さいまし！』が、校長はこういうんだ。『どういたしまして、奥さん。学校でも、門番が五人かかっても、あの子はどうすることも出来ませんので』」

「ああ、そんな泥棒が生れるなんて！」

とペラゲーヤ・イワーノヴナは、怖ろしそうに夫の方を見ながら囁く。

「気の毒な母親の身になったらどんなでしょう」

沈黙が来る。ステーパは大きな声であくびをして、それまでにもう千遍も見た茶碗に描かれている中国人を見る。伯母さんと叔母さんとマルコーヴナばあさんとは、注意深く受皿からお茶をすすっている。空気には、静寂と煖炉から来るむし暑さとがこもっている。サモワールや茶碗やテーブル・クロスが取り片附けられても、家族はなおじっと卓に向っている。胃袋はもう一杯になっているのに、なお食べなければならないのだ。

ここで食堂のみんなの話が跡切れた間に、孫娘の文子のことを報告しておきたい。

或る日。昼前の散歩の帰り、浄水場の金網沿いの歩道を、赤いリュックを背負ったミサヲちゃんと、その横を小さいフーちゃんが歩いて来るのが見えた。フーちゃんは、お父さんのニューヨーク土産の縫いぐるみの犬を背中に括りつけてもらっている。手を上げる。ミサヲちゃんがお辞儀をする。近づいたとき、ミサヲちゃんはフーちゃんに、

「こんにちは、するのよ」

といったが、フーちゃんはしない。

「これから買物に行きます。帰りに寄ります」

別れて二十メートルほど行ってから、ミサヲちゃんが、フーちゃんに向って、

「いまごろ、じいたんっていってる。あそこで会ったときにいえばいいのに」

とこちらを指しながらいうのが聞えた。

昼すぎに長男の嫁のあつ子ちゃんが来る。少しして買物の帰りのミサヲちゃんとフーちゃんが来る。この日は妻があつ子ちゃん、ミサヲちゃんの二人にずいきの料理を教えることになっていた。

フーちゃんは庭から入って来て、縁側の外の腰かけの上に金網の笊に盛って乾してある薔薇の花びらを見つけて、持って行く。いいものを見つけた。お母さんたちが台所でずいきのたき

方の講習をしてもらっている間、フーちゃんは、薔薇の花びらで遊ぶ。

図書室からさげて来たおもちゃの籠の中の赤い小さなバケツに、その花びらを全部入れる。今度はスコップで掬って、もとの金網の笊に戻す。しまいにバケツを逆さにして笊の上へ花びらをこぼす。畳の上にこぼれ落ちたのを一つ一つ手で取って、笊へ移す。

今度は笊を逆さにしてバケツに明ける。畳の上にこぼれた花びらを拾って、バケツに入れる。

薔薇の花びらで遊んでから、台所へ行って、踏台代りの腰かけに坐って、お母さんたちがずいきを料理するのを見物する。ずいきをにんじんと油揚と一緒に煮るのである。フーちゃんは、冷蔵庫の扉が開いたとき、乳酸飲料の小さな容器がつながっているのを見つけた。フーちゃんの好物だ。妻から一つ貰って、口で蓋を開けようとする。ミサヲちゃんに蓋を開けて貰って、腰かけの上に坐ったまま、飲む。一本飲んでしまって、次の一本を欲しがる。ミサヲちゃんに「いけません」といわれて泣き出す。

「これで終りよ、いい？」

とお母さんに念を押されて、次の一本を飲む。今度は飲み終って、もう一本とねだらなかった。本当はもう少し飲みたかったのかも知れないが、「これで終りよ」を忘れていなかった。

そのうち、フーちゃんが「おうま」といった。確かにそういったように聞えた。だから、いつもここへ来たときは図書室で乗って遊ぶ籐のお馬のところへ行きたいのだと思って、私が連れて行ってやろうと、腰かけに坐っているフーちゃんをうしろから抱き上げようとしたら、泣き出した。何か勘違いをしたのだろうか。妻が抱いてやると泣き止む。

「家から市場までずっと歩いて、帰りもここまで歩いたんです。新記録です」

とミサヲちゃんがいった。

「いつも昼寝する時間なので、眠いんです」

フーちゃんのむずかる訳を話した。歩きくたびれて、咽喉もうんと渇いていたのだろう。乳酸飲料のあの小さい瓶が二本では足りなくて、もっと飲みたかったのではないだろうか。

妻に抱かれているうちにフーちゃんは眠りそうになり、図書室の窓際のベッドに寝かせて貰うと、すぐに眠り込んだ。カーテンを締めて、薄暗くした。ミサヲちゃんは、ベッドで寝たことのないフーちゃんがベッドから落ちるといけないので、座布団を集めて持って行き、床に敷いた。あとで私が午後の散歩に出るのにジャンパーを取りに図書室へ行ったとき見ると、フーちゃんはベッドの端の方に顔を寄せて眠っていて、ベッドの下に座布団が三枚、横に並べてあった。

次の日の朝食のときに妻が話したところによると、買物の帰り、ここへ来るのに、フーちゃんとミサヲちゃんは、ビニールの白い紐の輪のなかに二人入って、

「汽車汽車、シュッポ・シュッポ」

をしながらうちへ入って来たらしい。いい加減歩いてくたびれているところへ、最後の坂道をそんなことをして、シュッポ・シュッポで上って来たから、くたびれ果てていたのも無理はない。

別の日。妻と二人で東京まで用事で出かけた。帰ったのが何時ごろだろう。二時半ごろであったか。勝手口から入って、玄関の戸を開けに来た妻が、

「うれしいことがあります。フーちゃんが来ています」

といった。次男と一緒に来て、いま図書室で眠っているという。

図書室へ行ってみると、床の絨毯の上に毛布を細長く折ったのをかけて次男が寝ている。その横にフーちゃんがタオルケットやら布団やらかけてもらって、こんもりとふくれ上った中で眠り込んでいた。次男の話を聞くと、ミサヲちゃんと三人で市場へ買物に出かけた。途中でフーちゃんが眠りそうになったので、「山の上」へ寄って遊ばせてもらうことにして、ミサヲちゃんが一人で買物に行った。次男が図書室の日の差し込む床の上にフーちゃんといたら、フーちゃんが眠った。窓際のベッドからタオルケットを二枚取ってかけてやり、その上から薄い夏布団を二つに折ってかけ、自分も眠くなったので、毛布をかけて寝ていたのだという。

お茶をいれて、梨と柿をむいて居間で食べているところへミサヲちゃんが帰って来た。その

うちフーちゃんが目を覚まして、図書室から駆けて来た。泣かずに起きて来た。梨をフォークで割って、食べさせる。ミサヲちゃんがお茶を飲むのを見て、

「ブーブー」

といい、お茶を飲ませてもらった。

フーちゃんは図書室からバットとボールを持って来る。妻がバットを構えて、投げてというと、赤いゴムのボールを投げる。暫くボールで遊んでから、画用紙を出してもらって、クレヨンで絵をかく。はじめは「ニャーオ」、次は「ワンワン」。それから妻が「ウサギさん」をかいてやる。

あとは書斎へ行って、ピアノ。妻が「お馬の親子」を弾く。それから小品曲の「人形の夢と目ざめ」。長女が中学のころにピアノの稽古をしていた。そのとき習った曲だ。妻がいうには、フーちゃんはこの曲が好きで、椅子に腰かけて聴きながら遊んでいる。次にソファーへ移って、ソファーのクッションを外して下へもぐり込む。クッションをかけ布団のようにして眠るふりをする。

次男の話。ここへ来るとき、道ばたで拾った枯枝を一本、手に持って歩いていた。坂道の下まで来たら、文子が溝を指して、その枯枝をここへポイしろという。物をいわない子だから、身ぶりで知らせた。とにかく、ここへ捨てろという。次男は、いわれる通り、手にした枯枝を

溝へポイした。すると、文子は、

「だっこ」

といった。

お父さんの手に余計なものが無くなったとたんに、だっこといった。次男はフーちゃんを抱いて歩き出した。


精進祭前夜のパーヴェル・ワシーリイチとペラゲーヤ・イワーノヴナ夫婦とステーパのいる食堂へ戻ろう。

ペラゲーヤ・イワーノヴナは、のべつ席を離れ、召使と夜食のことを話すために台所へ駆け出して行く。伯母さんと叔母さんは、腰かけたまま、両手を胸に組み、身動きもせずにランプを見ながら、うつらうつらまどろんでいる。マルコーヴナばあさんは、一分ごとにしゃっくりをしては、こう尋ねる。

「まあ、どうしてこうしゃっくりが出るんでしょう？ なんにも変ったものは頂いた覚えがないのに……。そしてなんにも飲みはしなかったのに……。きゅっ！」

パーヴェル・ワシーリイチとステーパとは、互いに頭をくっつけ合いながら、並んで坐っている。そして卓の上に屈み込んで、一八七八年の雑誌「ニーワ」を見ている。

「『ミラノ市ヴィクトル・エマヌエル画廊前におけるレオナルド・ダ・ヴィンチの記念碑』。どうだいお前。丁度、凱旋門みたいなものだね。婦人を連れた騎士……。ああ、遠くの方に人間が小さく見える」

「この人は、僕らの中学校のナスタービンに似ているよ」

とステーパはいう。

「もっと先をめくってごらん。『顕微鏡で見た普通の蝿の吸管』。これが吸管だとさ！ へえ、これが蝿か。南京虫を顕微鏡で見たらどんなだろうね。ええ、おい。やれやれ、実にいやなもんだな」

広間にかかっている古い時計が、まるで風邪をひいた人のような嗄れ声で、打つのではなくて、きっかり十遍、こんこんと咳をする。食堂へ召使のアンナが入って来て、主人の足もとへ身を投げ出す。

「キリスト様のためにどうぞお許し下さいまし。パーヴェル・ワシーリイチ！」

と彼女は、真赤になって立ち上りながらいう。

「お前も、キリスト様のためにわたしを許しておくれ」

と、パーヴェル・ワシーリイチは、無造作に答える。

アンナは、同じ順序で他の家族のそばへ行って、足もとに身を投げ出しては許しを乞う。ただひとり、マルコーヴナばあさんを彼女は抜かす。身分の卑しい女として、跪いて拝むのに値いしないものと思っているのである。

また半時間が静寂と平安のうちに過ぎる。「ニーワ」はもう長椅子の上へ放り出され、パーヴェル・ワシーリイチは指を一本高く上げて、昔、子供の時分に習ったラテン語を暗誦している。ステーパは、結婚指輪のはまった父のその指を見ながら、訳の分らぬ言葉を聞いて、まどろんでいる。彼は拳で眼をこする。が、眼はますますくっついてゆく。

「寝に行こう……」

と彼は伸びをしてあくびをしながらいう。

「なんだって？　寝に行くって？」

とペラゲーヤ・イワーノヴナが訊く。

「じゃあ、おしまいの肉食は？」

「僕、欲しくないの」

「まあ、何をいうのよ」

と母親は驚く。

「どうしておしまいの肉食をしないでいられますか？　だって、精進期の間はずっとお肉は食べられないんだよ」

パーヴェル・ワシーリイチも驚く。

「そうとも、そうとも、お前」

と彼はいう。

「七週間の間、お母さんは肉をくれないよ。そんなこと、いけない。おしまいの肉食をしなくちゃ」

「だって僕、眠いんだもの」

とステーパは駄々をこねる。

「それだったら、出来るだけ大急ぎで支度をしてやれ」

と、パーヴェル・ワシーリイチは気をもんで叫ぶ。

「アンナ、馬鹿。何をそんなとこにぼんやり坐ってるんだ。早く行って、食事の用意をしろ」

ペラゲーヤ・イワーノヴナは、両手を打ち合わすと、まるで家の中に火事でも起ったような顔をして、台所へ駆け出して行く。

「早く！　早く！」

こういう声が家中にひびき渡る。

「ステーポチカが眠がっているのよ。アンナ。まあお前、どうしたというの。早く早く！」

五分たつと、もう食卓の用意が調う。猫どももまた尻尾を立てて、背を丸くしたり、伸びをしたりしながら、食堂へ入って来る。

家族は夜食にとりかかる。誰ひとり食べたいとは思わない。誰の胃袋も、いっぱいである。

しかし、それでも食べなければならぬ。

# 卵

夕方、図書室の窓際のベッドで本を読んでいたら、玄関の呼鈴が鳴り、あとで妻が薔薇の花束と白い菊を持って来た。袋に入った人参とラディッシュも出して見せる。清水さんが下さったものだ。清水さんは薔薇だけでなく、野菜も作っている。窓の外を見ると、もう真暗であった。十一月の半ば頃のことだ。

あとで妻が話したところによると、呼鈴が鳴ったので玄関の戸を開けると、清水さんがいて、

「こんなに遅く……」

といってから、

「畑の人参です」

と袋を渡された。

中を覗くと、葉の附いたままの人参と赤いラディッシュが入っていた。その間、清水さんは、花を片手で隠すようにしていた。珍しく如露がそばに置いてあった。

「これ、差上げられるような花ではないのですけど」

といって、見事な薔薇の花束と菊を下さった。それから、

「これがバレンシア」

「これはレディ・エックスですね」

と、一つ一つ名前を（いつものように）教えてくれた。

「これがヤーナ」

といって指したのは、黄色の蕾。

「これがホワイト・クリスマス」

「これはソニアでしょう」

と妻がいったら、清水さんは、

「ソニアは、これとこれ」

と淡紅色のを指した。

薔薇は、全部で八本、あった。

その翌々日の朝。

書斎の机の上の花生けのバレンシアが大きく開く。

「きれいだなあ」

私は妻と二人で見とれた。うすいオレンジ色。妻が持って来た「ばら目録表」には、「黄銅色」と書いてある。

清水さんが届けてくれた日、どれを活けますかと妻に訊かれて、バレンシアにして貰った。夜、台所で、妻からバレンシアの名前を聞いたとき、昔、

「バレンシアー」

という歌い出しの曲があったのを思い出して、話したら、妻も知っていて、口ずさんだ。あれは、いつ頃だろう。子供の頃であったような気がする。家にレコードでもあったのだろうか。亡くなった長兄が音楽が好きであったから、この兄がレコードをかけていたのかも知れない。

三日目。

朝、書斎へ入った妻が驚いた声を立てる。机の上のバレンシアが見事に満開。孫娘の文子に妻が買って来たジャンパーを渡したのは、書斎の机の上の花生けのバレンシアが満開になったその日であった。妻はミサヲちゃんに電話をかけて、昨日買って来たフーちゃんのジャンパーを渡すから、午後来て頂戴といった。

午後の散歩から帰ると間もなく、二人が庭から入って来た。フーちゃんは白のトレーナーに黒いズボン、赤いサスペンダーをしている。どれも別々に妻が買ってやったもので、よく似合っていた。漫画の「のらくろ」の絵の入った靴下を穿いている。

はじめにジャンパーの入った箱をフーちゃんが受け取る。リボンを外し、包み紙を取る。紺色の、金ボタンがいくつも附いたジャンパーが出て来る。表が紺で裏が赤のフード附き。

「大きいから、二、三年着られますね」

といって、ミサヲちゃんはよろこぶ。

フーちゃんは、恥かしそうにしている。寒くなるまでに買ってやりたいと妻がいっていたが、どうにか間に合った。

お茶にする。フーちゃんは乳酸飲料を一瓶飲み、お茶も飲む。昔、長女がいた部屋から「クマさん」と「ウサギさん」「ネコ」を持って来て、段ボールの箱（九度山の富有柿が入っていたのを妻がお盆に移して空にした）にみんな寝かせる。端切れの布団をかけてやる。

あとから自分も入ろうとする。「クマさん」や「ウサギさん」を出して、フーちゃんが坐る。今度は妻がフーちゃんの入った段ボール箱を引張って、隣りの六畳へ。フーちゃんが、「あっち」を指し、廊下から図書室へ。図書室のベッドへ（途中下車して）妻に抱かれて上る。電気スタンドのスイッチを押す。黒い方のスイッチを押して消す。

それより前、自分で画用紙とクレヨンを持って来て、六畳の、いつも絵をかく机でかく。妻が猫の顔をかいてやる。

夕食のとき、妻の話。帰り、門の前で妻の指を持って力任せに家へ帰るのと反対の崖の坂道の方へ引張って行く。ミサヲちゃんが「いけません」といって抱き上げると、大声で泣き出す。大声で泣くけれども、涙は出ない。一しきり泣いて、諦め、ミサヲちゃんに抱かれて帰って行った。牛が荷車を引くような勢いで妻の指を引張った……。

それから一週間。清水さんが畑の初収穫の大根を二本、人参、間引き大根とラディッシュ、清水さんのお国の伊予から送って来た里芋、薔薇を八本、それに小川軒のお菓子のレーズン・ウイッチの箱、富士という名前の大きな柿を五つ、下さった。私と妻がお墓参りに大阪へ行って、帰って来た日の夕方であった。清水さんは呼鈴を押したのに、どうしたわけか、こちらは気が附かず、玄関に置いて行ってくれた。夕食が終って新聞を読む時間になって、夕刊をまだ取って来ていなかったことに気が附いて妻が出て行き、清水さんの贈り物が分ってびっくりしたのであった。

さげ袋のなかから薔薇がいっぱい。あと、真白に洗った大根二本、葉っぱの附いた、これも洗った人参。ラディッシュ入りの袋が次々と出て来る。お礼の電話を（いつもは手紙を届けるのだが、うっかりしていたお詫びをいうために取り敢えず電話をかけた）かけたとき、清水さんは、大根は前の日が勤労感謝の日なので、少し早いけど抜きましたといった。清水さんは前の日の夕方、来た。門燈がついていなかったので、旅行かなと思い、次の日、電話をかけてみたら、あつ子ちゃんが出て（丁度、来ていて）、今日の夕方帰りますというので、もう一度伺ったということであった。

薔薇の花束のなかに赤いのが一つ入っていて、エイヴォンとはちょっと色が違うと思ったが、電話をかけたとき、妻が尋ねると、レッド・ライオンですと清水さんがいった。ついでにほかの薔薇の名前をしるすと、マダム・ヴィオレ、バレンシア、ソニア（二本）、レディ・ラック、真珠、紫のレディ・エックス。前に頂いた薔薇の花びらがまだ全部散ってしまわないうちに、また新しく薔薇を沢山持って来て下さった。有難い。——こんなに野菜やら小川軒のお菓子やらいろいろと沢山に届けて下さったのは、多分、その前に妻が栃木のお米、岩手の林檎、山形のラ・フランス（洋梨）など、頂いたものをお裾分けした、そのお返しのつもりであろうと思われる。

書斎の机の上の花生けには、妻が白の「真珠」を活けた。これは十一月のはじめに清水さんが持って来てくれた薔薇のなかにあった。清水さんは名前を教えるとき、いちばん香りが強い薔薇ですといった。

清水さんから薔薇や大根や人参を頂いた日の翌日。

午後の散歩から帰って暫くしてから、次男とミサヲちゃんがフーちゃんを連れて来た。書斎にいると、ミサヲちゃんとフーちゃんは庭から「今日は」といって入って来る。次男は勝手口へ。フーちゃんは、今度買って上げた紺色のジャンパーを着ている。よく似合う。フーちゃんに大阪の帰り東京駅で買ったユーハイムの、サンタクロースの赤い服を着たのを渡す。手さげになっていて、中にキャンデーの袋が入っている。フーちゃんはキャンデーの袋を取り出し、袋を自分で開けようとする。キャンデーをお父さんに一つ、「じいたん」にも一つ配る。

画用紙を貰って、クレヨンで絵をかく。六畳の机で、いつものように。次男が茶の間から見て、

「そっちの手でかくんだよ」

というと、すぐにクレヨンを右手に持ち代える。妻がそばに附いていて、はじめは「ワンワン」、次は「ニャーオコ」——「ニャーオ」のあとに「コ」がくっつくようになった——、それから「ぞうさん」。

次の日、妻が話したところによると、フーちゃんは今、「ぞうさん」が気に入っている。それはミサヲちゃんが、おはなながいのね、の「ぞうさん」の歌（まど・みちお作詞・團伊玖磨作曲）をうたって聞かせているからであるらしい。

翌朝、その画用紙を見せて貰うと、「ワンワン」は、グレイで顔の輪廓だけかいてある。「お目々、入れようね」と妻がいって、赤でまるい目を二つ、入れてある。左手でかいた線は力強

く、右手に持ち代えてかいた線はかぼそく、弱々しい。「ぞうさん」は赤で力強くかかれている。耳の感じがよく出ている。

あとで妻は、「九度山の富有柿」の入っていた段ボール箱にフーちゃんを乗せて、引張って歩いてやる。みんなで紅茶を飲む。茶の間にいると、フーちゃんが来て、妻の指を握って引張って行く。

「紅茶、飲ませてくれないの」

と妻はいう。どうやら遊び友達と思っているのかも知れない。段ボール箱に乗せて引張るとき、妻が、「どっちへ行くの?」と訊くと、

「あっち」

というふうに指で進む方向を指す。

帰り、豆腐屋まで行く用事のある妻は、三人を送って行った。妻の話。新しいジャンパーがうれしくて仕方がないフーちゃんは、歩きながら跳び上る。ミサヲちゃんがまどろっこしくて、だっこしようといったら、いやという。お父さんが会社が休みで、お父さんとお母さんが一緒だから、よけいうれしかったのだろう。角の八百屋までそんなふうにして行った。妻は豆腐屋へ行くので、そこで別れた。

薔薇を頂いてから四日目。

書斎の机の上の花生けの「真珠」は、いい具合に開いた。花生けから出ている葉の色がきれいだ。白い薔薇を活けるのは、珍しい。かたわらの卓上の薔薇、バレンシアほかは満開。

今回は前にキャンフィールドの「情熱」を紹介した『アメリカ短篇集』（西川正身編・市民文庫）のなかからもう一篇、シャーウッド・アンダスンの短篇「卵」（吉田甲子太郎訳）を読んでみたい。

ひと口にいって、風変りな小説である。訳者の吉田甲子太郎は次のように語っている。

「その作風はアメリカの明るさにロシアの暗さを裏打して、イギリスのユーモアを彩ったようなところがある。また文体に著しい特色をもつ作家で、どこまでも自由にのびのびと書きながら、そこに一種のリズムを湧かせるこの文体は、若い世代に大きな影響を及ぼしたが、その描いた社会もある時代のアメリカ生活の記録として、かなり高い価値をもっている」

また、アンダスンの果した仕事について編者の西川正身は、「あとがき」のなかで次のように述べていることを附加えておきたい。

――ポオにしろ、ビアスにしろ、その作品はプロットを中心にしているが、第一次大戦前後から新しい作家が出て、プロットは人生の真実を歪めるものだとし、アメリカ短篇小説をプロットから解放したのである。その最初の人がアンダスンで、彼は「有毒のプロット」といって、従来の行き方を極力排し、今日見るような短篇小説の基礎をきずいた。その意味で、アンダスンの功績はまことに大きい。ヘミングウェイもフォークナーも、アンダスンが切り開いた道を歩いてきたのである。……

プロット（筋）というものをことさらに排したアンダスンで、「卵」もそういう特色を持った小説だから、筋を追いながら紹介するということが出来ない。部分で成り立っているような小説であり、ちょっとした一行にも作者は意味を持たせている。

「自然は私の父親を快活で親切な人にこしらえておいたものと私は信じている」

というのが、この不思議な短篇の書出しで、おしまいまで読めば、これが「卵」の主題と結びついた一行であることが分る。

父は三十四の年まで、オハイオ州ビッドウェルの近くにある農園で作男として働いていた。当時父は自分の馬を持っていて、土曜日の晩になると馬に乗って町へ行き、ベン・ヘッヅの酒場で何杯かのビールを飲み、ほかの作男たちとの社交に数時間を費し、十時になると淋しい田舎道を馬に乗って帰って来て、馬が気持よく一夜を過せるようにしてやってから、この世における自分の地位に全く満足して寝床に入った。父はその頃、骨を折って出世してみようなどという考えは、まるで持っていなかった。

大体、こんな調子で「卵」は始まる。

父が田舎教師だった私の母と結婚したのは父が三十五の春で、そのすぐあとの春に私が生れて来た。二人の人間に変化が生じた。二人は野心を持つようになった。社会へ出て立身したいというアメリカ人の慾が二人の心を捕えたのである。

母の方に責任があったらしい。母は、作男の地位を捨て、馬を売り払って自力の事業に乗り出すようにと父を説得した。彼女は背の高い無口な女で、自分のためには何の慾も無かった。父と私のためとなると、救い難いまで野心が強かった。

最初に二人が始めた事業は結果が面白くなかった。彼等はビッドウェルから八マイル離れたグリッグス街道に痩せた石ころだらけの地面を十エーカーだけ借りて雛鶏をかえす事業を始めた。私はそこで少年となり、人生の第一印象もそこで受けた。もし私が人生の暗黒面を見たがる陰鬱な人間だとすれば、それは自分の明るい快活なるべき幼年期が養鶏場で過されたためだと思っている。

まず卵から生れて来て数週間は、丁度復活祭のカードにかいてある通りの柔毛《にこげ》のフワフワした小さな姿で生きている。それから無気味に毛が抜けて来、そのうちに舌病だとかコレラだとかいう病気になって、ぼんやりした眼で太陽を見つめて、やがて死んでしまう。もし病気で死ななければ、諸君の期待がすっかり高められるのを待って、荷馬車の車輪の下へ入って行く。

私の父と母とは十年の間わが養鶏場から利益を上げようと戦った。しかし、やがて彼等はその戦いを諦めて、別の戦いを始めた。彼等はオハイオ州ビッドウェルの町へ移って料理店を開業した。われわれはすべてを投げ出して、家財道具を荷馬車に積み込んで、グリッグス街道をビッドウェルの方へ下って行った。荷馬車の横からは安楽椅子の脚が突き出し、寝台やテーブルや台所道具を詰め込んだ箱などを積み上げたうしろには、活きたひよこを入れた大籠が載せてあり、更にその上に私が赤児のとき乗せ歩いた乳母車があった。何だって乳母車などに執着していたのか、私には今でも分らない。あとの子が生れそうだったのでもないし、それにその車輪は壊れていたのだ。

私たちが養鶏場から町へ逃れて行くところは、一冊の書物にだって書けるだろう。母と私とは八マイルの道を全部歩いた。母は荷馬車から何にも落ちないように気を附けるために、そして私は世界の不思議を眺めるために。荷馬車の父の坐っている隣りの席には、父の一番大切な宝物があった。そのことを一つ話そう。数百、いや数千のひよこが卵から生れて来る養鶏場では、時には驚くべきことが起る。四本脚のが生れる。翼の二対あるのが生れる。頭の二つあるのが生れる。そういうひよこは生きながらえない。みんな急いで自分を造り違えた製造人の手へ帰ってゆく。そういう可哀そうなひよこが生きながらえ得ないことは、父にとっては人生の悲しみの一つだった。

父は私どもの養鶏場で生れた小さな怪物を残らず貯めておいた。みんな酒精漬けにして別々の硝子壜に入れてあった。町へ移る時には自分のそばの席へ載せて運んで行ったのだ。私どもが目的地に着くとただちに箱は下ろされ、壜は取り出された。オハイオ州ビッドウェルの町で料理店を経営している間中、この畸型のひよこどもは硝子壜に入れて、勘定台の背後の棚の上に並べておかれた。母が抗議を申し込んだこともあったけれども、父は自分の宝物の問題になると頑固だった。人々は珍しい、不思議なものを見るのが好きなのだと主張した。

私は、私どもがオハイオ州ビッドウェルの町で料理店を開業したといったろうか？　いや、私は少しいい過ぎた。町そのものは低い山の裾、小さな河に臨んで横たわっていた。鉄道は町を通り抜けていないで、停車場は一マイルほど北のピックルヴィルというところにあった。停車場にはサイダー製造所とピクルス製造所があったのだが、私どもが移って来る以前に両方とも廃業してしまっていた。朝と晩にビッドウェルの町の本通りにあるホテルからターナース・パイクという道を通って停車場まで乗合馬車が来た。こんな辺鄙な場末で料理店を開店しようというのは、母の考えだった。母は一年もそのことをいい暮した揚句に、或る日出かけて行って、停車場前の空店を借りたのだ。料理店が儲かるだろうというのは、彼女の考えだった。旅をする人が絶えず汽車を町の外で待っているだろうし、町の人が到着する汽車を待つために町から出て来るだろう。そういう人がパイを買いに来たり、コーヒーを飲みに来たりするというのだ。

先ず最初に店を料理屋らしい形にする必要があった。父は棚を作って、野菜の缶詰を並べた。看板を塗って、自分の名前を大きな赤い字でかいた。名前の下には、鋭い命令の言葉が書かれた。――「ここで食べよ」。が、その命令はあまり聞かれなかった。陳列箱を買って、葉巻や刻み煙草をいっぱい入れた。母は部屋の床と壁を磨いた。私は町の学校へ通って、養鶏場と落胆した悲しい様子のひよこから離れたのを喜んでいた。

母は我らの料理店は夜も開けておくべきことと決定した。夜の十時に私どもの家の前を北の方へ旅客列車が一つ通り抜けて、そのすぐあとへ地方貨物列車が来ることになっていた。貨物列車の乗員はビッドウェルで転轍をしなければならないので、彼等はその仕事が済むと、私どもの店へ来て熱いコーヒーと食べ物とを求めた。時にはフライド・エッグを註文する者もあった。朝の四時には彼等は北行するために帰って来て、また店へ寄った。少しずつ商売があるようになりかけた。母は夜のうち寝て、昼間父が寝ているうち店へ出て働き、家で賄を引受けている人たちの給仕をした。父は夜、母が寝る同じ寝床で昼眠り、私はビッドウェルの町まで学校へ通った。

長い夜の間あんまりすることを持っていない父は、自然考えごとをするようになった。それがよくなかったのだ。父は、自分は過去において充分快活でなかったから成功しなかったのだ、将来はもっと人生を愉快に眺めることにしようと決心した。朝早く父は二階へ上って来て母と同じ寝床へ入った。母は目を覚ました。そこで二人は話した。部屋の片隅にある自分の寝床から私は耳を澄した。

父と母とは二人とも、自分らの店へ食事に来る人たちをもっと努めてもてなさなければいけないというのが、父の意見だった。何だか父は、一種の芸人にでもなろうとしているのではあるまいかという印象が残っている。客が、特にビッドウェルの町から若い客が店へ来たら——そんなことはごく稀にしかなかったのだが——明るい歓待ぶりの会話をしようというのだ。私は父の言葉つきから推して、滑稽な酒場の亭主のような効果を狙おうとしているのだなと想像した。夕方になると快活な元気な群れが幾組もターナース・パイクの道を歌いながら下って来るだろう。彼等は冗談をわめき合い笑い合いながら私たちの店へ練り込んで来るだろう。歌いさんざめく声が店から溢れるだろうというのだ。父がこんなに詳しく話したというのではない。父は話し下手の人間だった。「みんなどこか遊びに行く場所が欲しいのだ。どこか行き場所を欲しがっているのだよ」彼は繰返しそういっていた。それだけがやっと父のいえることだった。足りないところは私の想像力で補ったのである。

父のこの考えが私どもの家を浸した。私どもはあまり口はきかなかったが、苦い顔をしている代りに笑って暮すように努力した。母は家で賄を引受けている人たちの顔を見て微笑してみせた。私にもそれが移って、私は自分のうちの猫にほほえみかけた。父は客を喜ばせようと気を配るのに夢中になって来た。父はビッドウェルから若い男か女が来たら出来るだけの手腕を揮ってみようと手ぐすね引いているらしかった。店の勘定台の上にはいつも卵がいっぱい入った針金の籠があった。そして、それは父の頭にもっと人を歓待しなければいけないという考えが起って来たときにも彼の眼の前に据えてあったに違いない。

或る晩遅く、私は父の咽喉から出た吼えるような怒りの声のために目が覚めた。母も私も各々の寝床の上に硬くなって起き上った。母は震える手で枕もとのランプに火をつけた。階下では店の表の戸がどんと閉る音がして、間もなく父が階段を踏み鳴らして上って来た。父は片手に一つの卵を摑んでいたが、その手は震えていた。父が私たちを睨みつけてそこに立ったとき、私は、その卵を母か私かどちらかへ投げつける気だなと思い込んだ。やがて、父はその卵をテーブルの上のランプのそばへそっと置いて、母の寝台のそばへくずおれるように膝をついてしまった。父は子供のように泣き始めた。すると私も父の悲しみに誘われて一緒に泣いた。馬鹿らしいことだが、そのときの有様で私の思い出せるのは、母の手が休まず、父の頭の頂上を横切っている禿げた道をたたいていたことだけだ。

ここらでもう一度、孫娘の文子のことを報告しておきたい。

知人の告別式に行くので、妻と二人、支度をしているとき、庭からミサヲちゃんとあつ子ちゃんと一緒にフーちゃんが入って来た。

「じいたーん」

と元気のいい声でフーちゃんが呼ぶのが聞えた。

妻は六畳で喪服を着ているところで、フーちゃんも一目でいつもと違うことが、「お出かけ前」であることが分ったらしい。家へ上ろうとせずに、庭にいる。妻は、

「フーちゃんと遊びたいのに」

といって、着換えの途中の恰好で庭へ出て行き、フーちゃんを抱いて振りまわす。

そのとき、庭の隅に猫がいるのをフーちゃんが見つけて、

「ニャーオコ」

といい、そっちへ行く。猫はお隣りとの境の垣根に沿って逃げる。妻はお菓子の入った紙袋を二つ持って来て、フーちゃんに渡す。ミサヲちゃんはその一つを取って、一袋だけフーちゃんに持たせた。せめてそれだけでも上げられてよかった、せっかく張切って入って来たのにと、あとで妻と話した。あつ子ちゃんにはその間に家へ入って貰って、「山の下」へ上げるつもりで用意してあった、じゃがいもの袋と山形のラ・フランス（洋梨）を渡した。三人はすぐに帰った。

親戚の結婚式があって妻と大阪へ行った。中之島のホテルに二日、泊った。留守の間、あつ子ちゃんとミサヲちゃんが交替で家へ来て、新聞と郵便物を取り込み、帰る日は二人で夕食の支度をしてくれた。私たちが三日目に帰宅すると、茶の間の縁側に置いてある蘭の鉢のそばに黄色の小さな如露が一つころがっていた。いつも図書室の「フーちゃんのおもちゃの籠」に入っているもので、中に少しだけ水が入っていた。フーちゃんが蘭に水をかけようとしたらしい。

「フーちゃんの走りまわったあとが残っている」

といって、妻はよろこんだ。

大阪から帰った二日後のことだ。昼食を食べ終り、あと富有柿二切れというときに、あつ子ちゃんとミサヲちゃんとフーちゃんが来た。妻がミサヲちゃんの、「こんにちは、するのよ」という声を聞きつけて、

「フーちゃんだア」

といって立ち上り、迎えに出て行った。フーちゃん、今日、来ないかなと、妻と話していたところであった。

庭から入って来たフーちゃんは縁側の硝子戸越しにこちらを見る。「今日は、いた」と思って、ほっと一安心したかも知れない。あとで妻が話したところによると、最初、迎えたとき、

フーちゃんは嬉しそうに笑ったという。大阪へ行っている間、いつも留守に来て、雨戸は閉っているし、誰もいないし、よっぽど淋しかったんでしょうと妻はいった。

図書室からおもちゃの籠を自分で担いで来て、六畳へやっこらさと下す。それから赤いボールを投げ（あつ子ちゃんを相手に）遊ぶ。暫くボール投げに熱中する。図書室へ行って、籐の「お馬」に乗る。妻と窓際のベッドへ上って、電気スタンドのスイッチを押してつけたり消したりする。お茶をいれて、山形のラ・フランスとメロンを食べる。

「クマさん」と「ウサギさん」と「ネコ」をビールの缶の入っていた箱のお風呂に入れる。妻が「ウサギさん」の服でからだを拭く真似をすると、自分も「ネコ」を拭いてやる。今度は空になった箱の蓋に自分が入り、妻に引張って貰って、廊下から図書室へ。ミサヲちゃんが「お母さん、腰が痛くなりますよ」という。図書室で、九度山の富有柿の箱に乗り換え（こちらの方が動かしよい）、廊下を通って書斎へ。ピアノを少し弾かせて貰って、ソファーの、クッションの下へもぐり込んで寝る振りをする。本当に眠ってしまいそうだとミサヲちゃんがいい、帰ることにする。

では、オハイオ州ビッドウェルの町の停車場の前の料理店の二階へ戻ろう。

私は母が父にいった言葉も、どんなふうにして父に階下で起ったことを話させるように母が説きすすめたかも忘れてしまっている。ただ、階下で起った事件のことは、どういうわけだか分らないが、私は父の失敗を見ていたかのようによく知っているのだ。その晩、ビッドウェルの商人の若い息子のジョー・ケーンが、父親を迎えにやって来た。ジョーの父は南部から来る十時の汽車で着く筈だったが、列車が三時間も遅れたので、暇をつぶすために店に入って来た。地方貨物列車が入って、乗務員たちが食事をして行った。ジョーは店に父と二人だけ残された。彼は五セントの葉巻を二本買って、コーヒーを註文した。ポケットに入れていた新聞を取り出して読み始めた。

「僕は夜汽車を待っているんです。遅れたんでね」

彼は申し訳するようにいった。

長い間、父は無言で客を見つめていた。ジョー・ケーンは一度も私の父に会ったことはないのである。父は片手をおずおずと勘定台の上から差し出して、ジョー・ケーンと握手した。

「どうです」と父はいった。ジョー・ケーンは新聞を置いて父の顔を見た。父の目は、勘定台の上に載っている卵の籠にとまった。それから父は話し出す。「時に、あんたはクリストファー・コロンバスのことを聞いたことがあるでしょう。え？　あのクリストファー・コロンバスという奴は喰わせ者だ。あの男は卵を縦に立てて見せるといった。そういったに違いないんだ。それから行って卵の端を砕いたのだ」

客には、私の父がクリストファー・コロンバスの二枚舌を夢中になって怒っているように見えた。父はぶつくさ小言をいい、罵っていたのだ。コロンバスは、卵を立ててみせると大言壮語しながら、実行を求められたときになって、ごまかしをやったというのである。なおもコロンバスに対する苦情を並べながら、父は勘定台の上の籠から卵を一つ取って行ったり来たりし始めた。父は両方の掌の間で卵をころがした。愉快そうに微笑した。父は殻を少しも壊さずに、手の中でそれをころがすことによって卵を立てることが出来るのだといった。それから、手の温みと、静かにころがすことによって卵に新しい重心を与えることが出来るのだと説明した。

「私はこれまでに何千という卵を取扱って来たんです。私ほど卵のことに通じている者はありません」

父は卵を勘定台の上に立てた。ところが、それはすぐ倒れた。父は繰返しその手品を試みた。三十分の努力の後に、父はほんのちょっとだけ卵を立てておくことに成功した。父は急いで客の方を見たが、客はもう自分のすることに注意してはいなかった。手品が首尾よく行ったからと客を呼んで、やっと客にこっちを向かせた時には、既に卵は倒れてしまっていた。

見世物師の熱情が燃え上り、同時に、最初の努力の失敗で大いにへどもどしながら、父は鶏の怪物を入れた壜を棚から下して客に見せ始めた。

「こいつのように七本の脚と二つの頭を持ちたいとは思いませんかね」

自分の宝物のうち最も素晴しいのを示して、父はそう訊ねた。顔には愉快な微笑を浮べていた。父は勘定台越しに手を伸して、客の肩を叩こうとした。客は酒精の壜の中に浮んでいる怖ろしくぶざまな鶏の死骸を見て、少し胸がむかついたので、立ち上って出て行こうとした。父は勘定台の背後から出て、若者の腕を取って元の席へ連れ戻した。彼はちょっと顔をわきへ向けて、無理に笑い顔になろうと骨を折った。それから壜を棚の上に返した。急に気前を見せて、父はただで新しいコーヒー一杯と葉巻をもう一本、殆ど無理矢理に客に押しつけた。そうしておいてから鍋を一つ取り出し、勘定台の下の壺からそれに酢を注いで、新しい手品に取りかかるといった。

「この酢の鍋でこの卵を温めます」と父はいった。「それから殻を壊さずに壜の口から押し込みます。卵は壜の中へ入るともとの通りの形になり、殻はまた硬くなります。それから卵を入れたままのこの壜をあなたに上げましょう。どこへいらっしゃるときでも持って歩けるんです。みんなどうやって卵を中へ入れたのか訊きたがりますよ。話しては駄目です。いろいろ考えさせておくのがいいのです。それがこの手品の面白いところです」

父は笑って客に目配せをしてみせた。ジョー・ケーンは与えられたコーヒーを飲んで、また新聞を読み始めた。卵が鍋の中で温められると、父はそれを匙に載せて勘定台へ運び、うしろの部屋から空壜を持って来た。卵を壜の口へ押し込もうとして、父は長い間苦労した。父は酢の鍋をストーブの上にかけ、卵をもう一度温めようとした。それから、鍋を外すとき、指をやけどした。二度目に熱い酢の中につけられて、卵の殻はいく分軟かくなったけれども、父の目的にはまだ充分でなかった。やっとのことで手品が首尾よく行きそうだと父が思ったとき、遅れた汽車が停車場に入って来た。ジョー・ケーンは立ち上って出口の方へ行こうとした。父は卵を征服し、それによって、店へ来た客をいかに歓待すべきかを知っているという名声を上げようとして、最後の死物狂いの努力をした。父は卵をしめつけた。ちっと乱暴にやってみた。父は罵った。そして汗が額に浮んだ。卵は押しつけられて壊れた。中身が父の服に飛び散ったとき、出口のところに立っていたジョー・ケーンは声を立てて笑った。

怒りの吼え声が父の咽喉から飛び出した。父は勘定台の上の籠からもう一つ卵を摑み出して投げた。危く若者の頭に当るところであったが、客はうまく戸の外へ身をかわして逃げてしまった。

父は卵を持ったまま二階の母と私のところへ上って来た。父がどうするつもりであったかは、今でも分らない。その卵を叩き壊そうと思っていたのかも知れない。だが、母の前へ来てみると気が変ったのだ。父は（前にいったように）卵をテーブルの上へ静かに置いて、寝台のそばに跪いた。それから父は、その晩はもう店を閉めて、二階へ来て床に就くことに決めた。父はその通りにしてから燈を消した。長い間話をしてから、父も母も眠ってしまった。私もきっと眠ったものだろうと思うが、その眠りは安らかではなかった。私は未明に目を覚まして、テーブルの上に置いてある卵を長い間眺めていた。私はなぜ卵などというものがこの世にあるのだろうと思った。

# 蛇使い

午後の散歩の帰り、崖の坂道を歩いていたら、清水さんが下から呼んだので引返す。

「お宅は侘助はもう咲きましたか」

と訊かれて、いいえ、まだですと答えると、手に持っていた侘助と薔薇の花束を渡した。

薔薇のなかから赤い蕾のを一つ指して、

「レッド・ライオンです」

ほかに淡紅色のや黄色の蕾が何本かある。

「咲きませんでしょう」

と清水さんが（この人の口癖だ）いう。お礼をいって別れた。清水さんの手には、薔薇が少しあるだけであった。畑で切って、持って来て下さるところで会った。

家に帰って妻に見せると、よろこんだ。

「冬枯れのときにこんなにお花を咲かせるのだから」

といって感心する。
数えてみると、薔薇は八本あった。
「どれを活けますか」
黄色の蕾を指す。これがヤーナ。
書斎の机の上に黄色のヤーナの蕾。そばの卓上の切子硝子の鉢には清水さんの畑の侘助とマダム・ヴィオーレ二本。調和が取れている。
この前、清水さんが崖の坂道の途中で手渡してくれた薔薇の名前を、はがきで知らせてくれた。
レッド・ライオン
ヤーナ
マダム・ヴィオーレ
くすんだ黄色がブロンズ・マスターピース
淡紅色のがデンティベス
机の上のヤーナの蕾が、いいかたちに咲いている。葉の色がきれいだ。

午後遅くなって、ミサヲちゃんがフーちゃんを連れて来る。妻が頂き物の神戸のハムを分けるから取りに来て頂戴と電話で知らせたら、文子の昼寝が済んだら行きますといっていた。フーちゃんは紺のジャンパーがよく似合う。妻があとで話したのだが、妻が出て行くと、フーちゃんは庭でミサヲちゃんのスラックスを穿いた足の間から顔を出した。照れくさかったんでしょうという。

お茶をいれる。和菓子を皿に取り分ける。フーちゃんは小さな饅頭をフォークで突き刺して、ひと口かじっただけで遊びに行く。

図書室で。赤い、小さなバケツに入っている薔薇の花びらを掬って、細長い箱の蓋へ入れる。はじめはスコップで掬っていたが、手でつかんで入れる。今度は蓋のなかの花びらをバケツに明ける。また、手でつかみ出す。しばらく薔薇の花びらで遊ぶ。

茶の間で。「クマさん」「ウサギさん」「ニャンニャン」で遊ぶ。これまで「ネコ」は「ニャーオコ」と呼んでいたが、今日は「ニャンニャン」になる。いままで白い「ニャンニャン」ばかりであったが、妻が新しく買った茶色のがある。フーちゃんは、つかんで振りまわして、よろこぶ。

図書室で。「バス」という。フーちゃんの「バス」は、九度山の柿の入っていた箱だ。そこへ「クマさん」「ウサギさん」と一緒に入って、妻に引張って貰い、廊下へ。書斎へ来ると、「バス」を下り、ソファーに乗ってはねまわる。危いので、妻がそばで気を附けている。ピアノも少し弾かせて貰う。妻が「お馬の親子」を弾く。次は「おうた」という。妻がレコードをかける。「サッちゃん」（阪田寛夫作詞・大中恩作曲）の歌。フーちゃんは音が鳴っているだけで、うれしい。

その間に台所でミサヲちゃんは、「山の下」の、兄弟の二軒の家で分ける神戸のハムを貰って袋に入れる。

「外が暗くなって来ましたよ」

とミサヲちゃんはいい、フーちゃんにジャンパーを着せる。フードの表が紺で、裏は赤。裏の赤の色がいい。外はもう暗くなった。フーちゃんは、手を顔の前で振って「バイバイ」をして帰って行く。

妻と一緒に買物に行った帰り、東京ガスの営業所の前で風船を持って立っている男の人を見かけて、妻は、

「フーちゃん、風船好きだから、貰って来る」

といって、通りを向う側に渡った。東京ガスの人で、子供を連れているお母さんに風船をく

れるのだ。妻はいったん営業所の建物のなかへ入って、パンフレットを貰って来てから、男の人のところへ行った。子供は連れていないけれども、風船下さいといったら、くれた。二つ、くれた。

妻はよろこんで引返して来た。

夕方、暗くなって、妻は、

「フーちゃんに風船渡しに行って来ます」

といって、出かける。前の日に南足柄から末の子を連れて来た長女が焼いたアップルパイと土産のさんまの干物を持って行く。

妻の話。ミサヲちゃんのところは、電気はついているが、呼んでも返事が無い。フーちゃんが寝ていたらいけないと思って、勝手口からそっと呼んだ。あつ子ちゃんの家へ行き、アップルパイと干物を渡した。あつ子ちゃんも一緒に出て来た。すぐ近くの、同じ大家さんの家作にいるみさきちゃんのところへ遊びに行っているのではないかという。風船はフーちゃんの家の庭の開き戸の柱に結びつけておいた。

表の道まで出たら、向うからミサヲちゃんとフーちゃんが帰って来た。やっぱりみさきちゃんの家へ行っていたらしい。妻は、フーちゃんを抱き上げた。フーちゃんは、開き戸のところの風船を見つけて、

「わあ、風船だァ」

といって、よろこんだ。

そこまで聞いた私は、

「フーちゃん、日本語を話すのか」

あまり物をいわない子がそんなことをいったから、驚いた。

「わあ、風船だァって。フーちゃん、風船が好きなの」

庭の開き戸へ行って、結んであった風船を取った。家の中へ入ったミサヲちゃんが雨戸を開けてくれたので、二つの風船を家の中へ放した。

朝、新聞を取りに妻が出たら、玄関の横にきれいな紙に包んだ鉢植のさくら草が置いてあった。前の晩に清水さんが届けてくれたもの。封筒に入った手紙が入っていた。「新年のおよろこびを申し上げます……」。別の小型の便箋に次のように書いてあった。

「さくら草の咲くのを今日か今日かと待っていましたら、御挨拶が大変遅れました。申し訳ございません。しびれを切らして、咲かないまま参上します」

咲かないまま、と清水さんはいうけれども、葉の間から伸びている蕾が大方咲きかけていて、一日で妻は淡紅色のさくら草の鉢植だと分った。前の晩、夕刊を取り込んだあとへ来て、玄関の横に置いて行ってくれたのだろう。

その日の夕方。図書室で本を読んでいたら、清水さんのところから帰った妻が、薔薇のヤーナの蕾一本と侘助の花を手に持って入って来た。さくら草の鉢植を届けて頂いたお礼にグレープフルーツを持って行ったら、また花を下さった。

「お水をいま、やりに行ったら、一つだけ咲いていたので切って来ました」

と清水さんはいった。一つだけ咲いていたヤーナを玄関の葉牡丹の横のコップに活けてあった。そのヤーナを下さった。清水さんは、去年の秋、畑の東側に植えた薔薇の新しい苗に水をやりに行った。

「雨が降りませんでしょう。バケツに一杯ずつ、水をやって来ました」

今回は戦前の昭和十五年七月に新日本少年少女文庫のなかの一冊として刊行された佐藤春夫編『支那文学選』（新潮社）から「蛇使い」を読んでみることにしたい。私の持っている、果物の籠の絵の表紙の本の奥付には、

「昭和十七年一月十日三刷」

とある。

私は年少の読者を対象としたこの本をどこで求めたのか、はっきり覚えていない。昭和十七年といえば、九州の大学に入学して、生れてはじめて親もとを離れて福岡の町で下宿生活をした年だから、多分、福岡の本屋で買ったのではないだろうか。その頃、私は佐藤春夫の本を集めていたので、少年少女のために編まれたこの本をよろこんで買ったような気がする。佐藤春夫は「序」のなかで次のようにしるしている。

「この本は支那三千年のさまざまな文学のなかから皆さんに面白く読んで為になりさうなものを選び出して編んでみたものです。何しろ歴史は古いし、この位の大きさの書物のなかに種々のものを存分に集めることは、相当むつかしい無理な仕事で、とても思ひどほりによく出来たとは申されませんけれど、力の及ぶかぎりでは、まづこんなところが関の山でした」

散文ばかりでなくて、詩が選ばれているのもうれしい。目次から拾ってみると、「二十年ぶりで旧友に会つたよろこび」の杜甫、「黒い帽子をくれた友達に」の李白、「劉老人に見せようとつくつた燕の詩」と「すばらしい夕暮」の白楽天、「若い頃は」と「不運」の陶淵明の六篇が選ばれている。このなかでも私は白楽天の「すばらしい夕暮」が好きで、いつだったか、「私の好きな詩」という課題の文章を求められたとき、この詩を写したことがある。ここでちょっと道草をするようだが、いい機会だから、「蛇使い」を読む前に、紹介しておきたい。

すばらしい夕暮

白楽天

夕日のなごりが一すぢ水にうつりながれ、
大川の半分は紅《くれなゐ》、半分は青い。
すばらしいなア今夜《こんや》　九月三日の夜《よる》、
露は真珠のやうだし月は弓のやうだ。

ではこの辺で「蛇使い」に移ろう。これは、「聊斎志異」のなかから採った一篇。清代の短篇小説集で、蒲松齢の作。佐藤春夫はこの本のあとがきの中で、「聊斎志異」について、

「化物が怪しいふるまひをするのを目《ま》のあたりに見るやうに描き出してゐる」

といい、さらに、

「この小説が擢んでてゐるところは、花のお化けや狐の化けたものなどに美しい人情を持たせ、人間に親しみをおぼえさせるところにあるのであらう。広く愛読されて、英文に訳したものも行はれてゐる」

と述べている。

ただし、「蛇使い」に登場するのは化物ではなくて、蛇使いの男と彼が可愛がっていた蛇との友情ともいうべき話である。なお、「聊斎志異」の「聊斎」は作者蒲松齢の書斎の名であることを附け加えておきたい。

むかし、蛇使いを商売にしている人がありました。この人はよく馴れた二匹の蛇を飼っていました。どちらも青い色をしていましたので、大きい方を大青《たいせい》、小さい方を二青《じせい》と名付けていました。この二青という名の蛇は、額に赤い点がついていました。そしてまた、この二青は非常によく馴れて、思うままにそこら中を這い廻っていましたので、蛇使いは特別にこの二青を可愛がっていました。

「蛇使い」の物語は、こんなふうな書出しで始まる。なお、原文は歴史的仮名づかいで、題名も「蛇使ひ」となっているが、「エイヴォン記」でこれまで紹介して来た例にならって、現代仮名づかいに改めさせて頂くことをお許しいただきたい。

一年ばかり経つと大青の方が死んでしまったので、蛇使いはほかの蛇を取って来てうめあわせしようと思っていましたが、暇がないのでそのままになっていました。ある夜、蛇使いは山寺に宿りました。夜が明けてから箱をあけてみると、いつの間にか二青がいなくなっていました。蛇使いは死ぬほどがっかりして、あちらこちら探し廻りましたが、どうしてもみつけることが出来ませんでした。しかし、以前には深い林や草むらがあると、よく二青を自由に遊びに出してやったが、そんな時はきっと二青は帰って来たので、ひょっとすると戻って来るかも知れないと思って腰を下ろして待っていました。そのうちに日はもう高く昇りましたが、二青はまだ帰って来ません。それで蛇使いはあきらめてそこを出発することにしました。山寺の門を出て五六歩も行きますと、藪の中からガサガサという音が聞えて来ました。蛇使いは驚いて足を止め振り返ってみると、それは二青が帰って来たのでした。

蛇使いは宝の珠でも手に入れたように喜んで、ほっとしていますと、蛇もそこに来てとまりました。みると二青は一匹の小さな蛇をつれています。蛇使いは二青を撫でながら言いました。

「お前はもう逃げてしまったのかと思っていたよ。この小さい奴を探して来たんだね」

それから餌を取り出して二青に食べさせ、またその小さい蛇にもやりました。小さい蛇は逃げ出そうとはしませんでしたが、びくびくしてそれを食べようとしません。そこで二青は口に含んで小さな蛇に食べさせてやりました。その様子はまるで主人がお客さんをもてなすようでありました。蛇使いはまた改めて餌をやりますと、こんどはそれを食べました。食事が終ると、その小さな蛇は二青の後について箱の中に入りました。蛇使いはそれを担いで家に帰り、その小さな蛇に芸をいろいろ教えましたが、ぐるぐる廻ったり、途中で曲ったりする芸当も、二青と少しも変りないほどうまく出来ました。それで蛇使いは、それを小青《しようせい》と名づけ、あちらこちらと、その芸当を見せに廻って沢山のお金をもうけました。

普通蛇使いが使う蛇は二尺どまりで、それより大きくなると、重すぎるので新しいのと取りかえるのです。しかし、二青はよく馴れていましたので、まだ棄てないでおきました。そのうち、二三年たつと、二青は長さが三尺あまりにもなり、寝ると箱の中が一杯になるので、とうとう二青を棄てることにしました。ある日、淄邑《しゆう》（山東省）の東山《とうざん》に行って、おいしい餌をたくさん食べさせ、二青の将来を祝いながら放してやりました。すると、二青はそのままどこかへ行ってしまいましたが、しばらくすると、またもどって来て、箱のあたりをぐるぐる廻っています。蛇使いは手をふりながら、

「行きなさい。いつまでも一緒にいることなんて、到底この世では出来ないのだからね。これからは大きな谷に身を隠して、きっと神龍《しんりゆう》にでもなりなさい。こんな箱の中なんか、いつまでもいる所じゃないんだよ」

と言いきかせました。

それを聞くと二青は去って行きました。蛇使いはそのあとをしばらく見送っていました。

それから少したつとまた二青がもどって来ました。蛇使いがいくら手をふっても二青は首を

箱にあてたままで行こうとはしません。小青も箱の中でしきりに動いています。そこで蛇使いは、やっとその意味を悟って言いました。

「小青に別れの挨拶がしたいのだろうね」

そこで、箱をあけて小青を出してやりました。二匹は首を交え舌を出してなにか話をしているような様子でしたが、そのまま二匹ともするすると行ってしまいました。小青ももう帰って来ないのかも知れないと蛇使いが心配しているうちに、小青はぽつんとたった一匹で帰って来て、また箱の中に入りました。その後、蛇使いは二青に代るものをいろいろと探しましたが、どうしても適当なのが見当りませんでした。そうこうしているうちに、また一匹手に入れてよく馴れたのですが、どうも小青ほどよくないのです。その頃、小青はもう子供の腕よりも大きくなっていました。

ここで蛇使いの物語からちょっと離れて、孫娘の文子のことを報告しておきたい。

年の暮に日を決めて南足柄の長女、「山の下」のあつ子ちゃん、ミサヲちゃんの三人が来て、大掃除をしてくれる。今度は暮の二十六日と決まった。

その日、妻が煤払いに使う篠竹を二、三本、裏の藪で切って来ますといって出かけようとしたとき、あつ子ちゃんとミサヲちゃんがフーちゃんを連れて来た。みんな、妻と一緒に行った。

暫くして、篠竹を捧げ持つようにしたあつ子ちゃん、ミサヲちゃんが（そのうしろに小さなフーちゃんがくっついて）勇ましく庭へ入って来た。

いい具合にそこへ南足柄から来た長女が着いた。これでみんな揃った。

妻は用意しておいた新しい雑巾と新しいゴム手袋とをみんなに配る。フーちゃんにも小さい雑巾を一枚渡した。大掃除の役割は、家の外まわりの壁の煤払いを長女、ミサヲちゃんが家の中の煤払い、あつ子ちゃんは窓の硝子ふき。フーちゃんは、はじめのうち妻が相手をしていたが、それから書斎へ来て、みんなの掃除の邪魔をしないで、ソファーのクッションを全部外してもぐり込んだりして、ひとりで遊んでいた。のみならず、みんなが仕事をしているとき、自分の雑巾で廊下を拭いていた。

明くる日の朝、妻から聞いたところによると、こんな手助けをしている。台所の天井の電燈の笠を長女とミサヲちゃんの二人がかりで拭こうとしていたときのことである。二人は台所の小さいテーブルの上に上った。長女が電燈の笠を手で支え、ミサヲちゃんが雑巾で拭いた。

「危いよ。落ちないで」

と居間にフーちゃんと二人でいた妻が声をかけた。

すると、フーちゃんが行って、テーブルの上に乗って笠を拭いているミサヲちゃんのスラックスの上から足を両手で抱いた。お母さんが落っこちないように、しっかりと。

フーちゃんは、眠くなって来た。それでお昼の御飯を早くした。午後の散歩に私が出かけるとき、家の前の道をミサヲちゃんがフーちゃんを抱いてそこいらをひとまわりして帰って来るのに会った。フーちゃんは、もう眠っていた。

散歩から帰って、ジャンパーを片附けに図書室へ行ったら、フーちゃんは窓際のベッドで毛布をかけて貰って眠り込んでいた。妻が湯たんぽを一つ入れて上げた。大掃除が終ってみんなでお茶にしているとき、目を覚まして泣いた。ミサヲちゃんが行って抱いて来た。

こちらへ来ても、まだぼんやりして、ミサヲちゃんに抱かれていた。苺のいっぱい入ったタルトのケーキをみんなで食べていたのだが、そのケーキも食べない。苺だけ取って貰って、食べた。まだ眠い。

昼食を終りかけたとき、

「フーちゃんの声だ」

といって妻が立ち上る。次男とミサヲちゃんと一緒に来た。リュックサックを背負った次男がフーちゃんと庭から入って来る。

「じいたん、いるよ」

と次男がいう。フーちゃんは硝子戸の外からこちらを見て、うれしそうに笑い、すぐ藤棚の下の布団干しに干してある敷布団のなかへ隠れる。お父さんにも入れといい、二人は布団のなかへ。

クレヨンと画用紙を持って来て、六畳の机でかく。そのクレヨンと画用紙を持って九度山の柿の箱の「バス」に乗る。妻に引張って貰って廊下から書斎へ。テーブルの上にクレヨンと画用紙をきちんと置いて、

「がっこう」

といった。

そこで絵をかくのかと思ったら、そうではない。ミサヲちゃんが横から、

「このごろ、がっこうが気に入っているのです。この前、お父さんにはじめて連れて行って貰ったので」

といった。

自分はソファーの上に乗って、跳びはねて遊ぶ。

次男に聞いてみると、この前、休みの日にフーちゃんを連れて、駅の向うの山の上の小学校へ行った。そこは次男が通った小学校である。校庭で遊んでいたら、授業が終って、生徒がいっぱい出て来たので、フーちゃんはよろこんだ。それから、「がっこう、がっこう」という。はじめて行った学校が大変気に入った。お父さんの行った「がっこう」だ。

妻が次男に上げる電気ストーブを出して使用法を次男とミサヲちゃんの二人に説明する。次男のところでは、今度、玄関を書斎にすることにした。前からある靴箱を机にする。三和土の上に渡す板の簀子と、その上に置く、丁度いい高さの小さな椅子を見つけて買って来た。居間との境にはアコーディオン・ドアを取りつけた。

これで靴箱の机の上に辞書と花瓶を載せると、書斎の雰囲気が一遍に出る。（私も見せて貰いに行った）妻がその新しい書斎に置く電気ストーブを上げた。

「これなら文子も危くない」

といって、ミサヲちゃんはよろこぶ。

二人は、広島の妻の姉から送って来た広島菜を分けて貰い、電気ストーブの箱をさげて帰る。お父さんとお母さんが一緒なので、うれしくて仕方がないフーちゃんは、上機嫌で「バイバイ」の手を何度も振って帰って行く。今日はジャンパーを着ていなかった。

夕方、妻が「山の下」の長男と次男のところへ梨と柿とグレープフルーツ、苺、食パン、ロールパン、餅、納豆（それは正月に南足柄から長女の一家六人が来て泊り、みんなで集まって会食をした残り物なのだが）を持って行くというので、

「フーちゃんによろしく」

といった。

帰って来てからの妻の報告。

はじめ、あつ子ちゃんを呼んだ。出て来た。次男のところは雨戸が閉まっていた。あつ子ちゃんが、「ミサヲちゃーん」といって玄関の戸を叩いた。妻も「ミサヲちゃーん」といって、戸を叩いた。

玄関の戸が開いた。フーちゃんは、居間の炬燵に顔をこういう具合に載せて（と妻はその恰好をしてみせた）、こちらを見ていた。お母さんが台所の仕事をしている間、そうやって炬燵にひとりでいたらしい。

ミサヲちゃんに抱かれて出て来た。

「おじいちゃんが、フーちゃんによろしくって」

といったら、あつ子ちゃんがはやすように、

「わあー」

といった。

フーちゃんは、ミサヲちゃんの腕のなかでうしろへ逆さにぶら下った。よろしく、というのは分らないが、何か自分にいわれたのが分って、照れて、それで逆さにぶら下った。

フーちゃんはお母さんと一緒に栃木のお母さんの実家へ行った。あとから次男が行った。次男は会社が終ってから行き、夜遅く向うへ着いた。

フーちゃんたちが栃木から帰って来る日。午後、妻がフーちゃんの好物の納豆とアイスクリームを持って行った。夕食は食べて帰りますからとミサヲちゃんがいったので、デザートのアイスクリームだけを持って行った。

勝手口を開けて入ると、台所にミサヲちゃんの大きなスリッパの横に、小さな、赤いスリッパが置いてあった。フーちゃんが買って貰ったものらしい。漫画の犬の絵が入ったスリッパであった。

栃木から帰った明くる日。昼前、家の前の道で、

「じいちゃーん」

と元気のいい声で呼び、フーちゃんがミサヲちゃんと庭から入って来た。紺のジャンパーを着ている。妻が電話をかけて、午後に来客があることを知らせてあったので、最初から家へは上らず、栃木のお土産を渡すだけのつもりで来た。栃木のお土産は、ミサヲちゃんのお兄さん一家もお姉さんも両親もみんな一緒に車で塩原温泉へ行った帰りに寄った牧場で買ったチーズであった。

フーちゃんは書斎の硝子戸のなかを見て、笑った。妻が庭へ出て行くと、走って逃げる。庭を走りまわって、家へは上ろうとせずに、「バイバイ」をして帰って行った。ミサヲちゃんが、「今日はお客さんだから上らないのよ」と、よくよくいい聞かせて来たのだろうか。

前の日の晩、ミサヲちゃんから電話で帰宅したことを知らせて来たとき、

「フーちゃん、どうしていた？」

と妻が尋ねると、元気で元気で走りまわっていましたとミサヲちゃんはいった。お兄さんのところに男の子が二人いる。その子が大きくなっていて、よく遊んでくれる。

では、馴れ親しんだ二青を放してやって、大きくなって使えなくなった小青ともう一匹の、二青の代りに手に入れた蛇とともに残された蛇使いの物語へと戻ることにしよう。

これよりも前に（というのは、小青がもう子供の腕よりも大きくなった頃を指す）、木こりたちは山の中でしばしば二青の姿を見かけました。その後、幾年かたって、二青は長さが五六尺にもなり、太さはお盆のようになりました。そうして、どうかすると出て来て人間を追いかけるので、旅人たちは恐れて、この大蛇の出て来る路を通る者はありませんでした。

ある日のこと、蛇使いがその路を通りますと、一匹の大蛇が風のように暴れて出て来ました。

蛇使いは非常に驚いて逃げ出しましたが、蛇はぐんぐん追いかけて来ます。ふり返ってみると、もう自分の身体に追いつきそうに迫っていました。その首を見ると、赤い点がはっきりとついていました。そこで蛇使いは、とっさに二青であることに気がつき、荷物を下ろして、

「二青、二青」

と呼びかけました。

蛇はピタリと止って、しばらく首を上げて見ていましたが、昔、使われていた時のように蛇使いをぐるぐる巻きはじめました。それには別にどうしようという悪意もないらしいのですが、何分にも身体が大へん重くなっているので、巻かれていることが出来ませんでした。そこで地上に倒れて大声でどなりますと、二青はすぐに解きはなしました。

そして二青はしきりに首を箱に当てています。蛇使いは二青の気持を察して、箱をひらいて小青を出してやりました。二匹の蛇は顔を見合すと、飴のように巻き合っていましたが、しばらくしてはなれました。そこで、蛇使いは小青の将来を祝いながら、

「小青よ。わしはずっと前からお前と別れようと思っていた。今、友達が出て来たからいいだろう」

と言い、また二青に向って、

「小青はもとお前が連れて来たのだから、また連れて帰るがいい。ただひとこと頼みたいのは、

深い山では食物に不自由するようなことはないのだから、旅人をさわがして罪を犯してはいけないよ」

と言いきかせました。

二匹の蛇は首を垂れて聞いていましたが、いかにもよく分りましたという様子に見えました。

それから、ふと首をあげ、大きい二青が先になり、小さい小青が後からついて、風のように林の中をゆり動かしながら去って行きました。

蛇使いはいつまでも林の騒がしいあたりを見送っていましたが、やがて見えなくなったので、その場を立ち去りました。これから後、旅人はいつものようにその路を通るようになりました。

二匹の蛇は、その後、どこに行って住んでいるものやら誰にも分りませんでした。

# ふたりのおじいさん

久しぶりにすぐ近くの団地にいる清水さんのところへ行った妻が、さくら草の切花一束と鉢植を持って帰るなり、

「ヴェランダいっぱいのさくら草、見事でした。日が差し込んで、暖かくて」

といった。

清水さんは団地の四階にいる。その南向きのヴェランダにさくら草の鉢が並べてあるのだが、一面の花ざかりで、その向うはゼラニウムの鉢の列。

「まるで春になったような」

妻は頂いて来た切花のさくら草を私の仕事机の上の小さな花生けに活けてから、この前、妻がミートパイを焼いて清水さんのところへ届けたとき、清水さんが畑の薔薇の小さな蕾をかき集めて、持って来てくれるつもりで、手紙を書いたが、あんまり小さい蕾で、押しつけがましいと思って止めにしたという話をした。清水さんは畑へ薔薇の消毒に行ったとき、これが最後

の最後の薔薇の、小さな蕾を切ってくれたのであった。(清水さんは幼稚園の近くの小高くなった空地を地主さんから借りて、畑を作っている) そのとき、薔薇の蕾を持って来てくれるつもりで、花束の包みに入れた手紙を妻は清水さんから貰って来た。

「グレープフルーツとあつあつのミートパイ、本当に御馳走さまでした。やっと腰を上げて私の仕事始めです。薔薇の消毒を終えて、これから寒肥です。咲かないと思いますけど、これが昭和六十三年度の最後の薔薇です。昭和の薔薇を楽しんで頂いたお礼に差上げます。御馳走さまでした」

ヴェランダいっぱいのさくら草を見せて貰ったあと、お茶の用意が出来るまで清水さんの郷里の伊予の家から帰る度に少しずつ持って来たお皿や漆塗りの小さな重箱などを見せてくれた。その小さな、朱色の重箱を取り出したとき、清水さんは、

「お雛さんのおすしにいいでしょう」

といった。本当にその通りの可愛い重箱であった。

「これは父がお菓子を盛って出していた九谷の皿です」

といって見せてくれたのは、朱色の皿。大事なお皿らしく食器棚の奥に立てかけてあった。これはお漬物が入っていましたという、白地に紺の模様の入った皿も見せて貰った。

お茶を頂くとき、伊予の小さいお饅頭を出してくれた。山田屋まんじゅう、と包んだ紙に書

いてあった。

「楽しいお茶の時間を有難うございました」

お礼をいって帰りかけたら、椎茸の入った袋とお雛さまの絵入りの懐紙の束をくれた。

「本当に春が来たみたいだった。ヴェランダはさくら草の花ざかりだし、暖かいし、きれいにしたお部屋でお皿やお重箱を見せて貰って」

と妻はいった。


夕方、小田原へ行った帰りのミサヲちゃんとフーちゃんが寄った。ミサヲちゃんは結婚するまで研究生として紬の染織を教わっていた南足柄市の工芸家の宗廣力三先生が腎臓を悪くして小田原の病院に入院したことを聞いたその翌日にお見舞いに行ったのであった。前の日に南足柄の、宗廣先生のすぐ近所に住む長女が電話をかけて来た。その日の朝(一月の末のことだ)、ミサヲちゃんの方から電話をかけて打合せをしたらしい。小田急のロマンスカーでミサヲちゃんは出かけた。新松田の三つ先の富水の駅まで末の子の正雄を連れた長女が車で迎えに来て、小田原の病院へ連れて行ってくれた。

お見舞いを済ませてから小田原の城址の公園へ行き、長女が買ったかつおぶし入りのおにぎりと長女が家を出る前に焼いたアップルパイを食べた。春一番のような強い風が吹いている中で、とミサヲちゃんは話した。

フーちゃんが小田原の帰りに家へ寄った日のことだ。図書室で縫いぐるみの人形の「クマさん」や「ウサギさん」を九度山の柿の箱の「バス」に乗せて押して遊んでいたら、ミサヲちゃんが次男が「クマのプーさん」のディズニイの三十分のヴィデオを買って来たことを話した。

すると、フーちゃんが、

「かんがえる。かんがえる」

といった。何のことだか、分らない。

夕食のとき、その話が出た。確かに「考える。考える」といった。それは妻もはっきりと聞いたという。いったい、何が考えるのだろう。妻はそれを聞いたとき、フーちゃんに、

「カンガとルウ？」

といって訊いてみたのは、イギリスのA・A・ミルンの童話「クマのプーさん」（石井桃子訳・岩波書店）には、いつも子供のルウをおなかのポケットに入れているカンガが出て来て、カンガとルウは一組になっているからだ。

だが、そうではないらしい。カンガとルウではなくて、かんがえる、なのだ。とにかく、次男が買って来たというディズニイの、「クマのプーさん」のヴィデオに関係があることは確かだろう。明日、電話でミサヲちゃんに尋ねてみようということになった。

翌朝、妻が電話をかけた。

ミサヲちゃんの話によると、こうだ。次男が買って来たヴィデオは、「プーさんの大あらし」という題。その中に風の強い日にプーさんが外へ出て考えごとをする場面がある。プーさんは分らないことがあると、よく考える。考える場所というのがある。風をさえぎる木の下に窪みになったところがあって、いつもそこへ行って考えごとをする。

考えるんだけど、何を考えているのか分らない。そこでプーさんはかんがえる、かんがえる、という。語り手がいうのだろうか。そこを文子がとても気に入っている。その場面のことをいおうとしていた。そこが好きなんです。

これを聞いて、やっと訳が分った。

「プーさんの大あらし」のヴィデオの話を電話で聞いてから三日後であった。午後の散歩から帰って書斎のソファーにいたら、あつ子ちゃん、ミサヲちゃんと一緒にフーちゃんが来た。妻は苺を皿に分けて、すぐに食べられるように用意していたが（大福餅を取りに来ることになっていたので）、フーちゃんは六畳の机で画用紙に向い、クレヨンでかくのに夢中で、こちらへ来ない。

あとでフーちゃんに、

「クマさんが考えるの？」

と訊いてみると、

「プーさんが」

といった。「クマのプーさん」だから、「クマさん」と「プーさん」は同じ人物であるわけだが、フーちゃんにとっては、大風の吹く日に外へ出て行って考えるのは、あくまでも「プーさん」でなくてはいけないのだろう。

もう一度、ミサヲちゃんに訊くと、「プーさんの大あらし」では、プーさんが外へ出て行って（いつも考える場所が決まっている）、木のかげの窪みになったところへ行って、

「かんがえる。かんがえる」

とプーさん自身が声に出していう。語り手でなしに。そこをこの前、フーちゃんが話そうとしたというのである。

ミサヲちゃんは、大福餅を分けて貰い、フーちゃんの食べなかった苺を包んで、メロンと一緒にさげて帰った。

今回は、学年別童話集・十和田操作『トルストイ童話』（昭和三十四年・東光出版社）から「ふたりのおじいさん」を読んでみることにしたい。「はじめに」に作者の十和田さんは、こう書いておられる。

「トルストイの民話を、五年生のみなさんのために、やさしく直して、紹介しました」ほかに「イワンのばか」「ぬすびとと大僧正」「ひとにはどれだけの地面がいるか」が収められている。十和田さんは、また、

「ふたりのおじいさん――きちょうめんで、まじめすぎるおじいさん、のんきで親切すぎるおじいさんが、みなさんの家にもおいでになりませんか」

と書いている。

昭和五十三年に七十七歳で亡くなった十和田さんは、私の敬愛する作家であった。「判任官の子」や「戸の前で」などのすぐれた作品を書いた。私はアメリカ中部の小さな大学町ガンビアにいた頃、十和田さんからいいお手紙を何度か頂いた。日本へ帰ってから、お弁当持ちで十和田さんと埼玉県の武蔵嵐山へピクニックに出かけたことがあった。十和田さんは話好きで、話の上手な方であった。私よりも二十一歳、年上であった。この『トルストイ童話』も、扉の裏の頁に十和田さんの署名入りで贈って下さった。三十年前のことだ。

では本を開いてみよう。

背の高いじいさんと、そんなに高くないじいさんとが、ふたりそろって神の都のエルサレムへ、おまいりの旅に出かけました。

背の高い方はエフィームじいさんで、金持の農家のごいんきょさんです。低い方はエリセイじいさんで、金持でも貧乏でもありません。もとは出かせぎの大工さんでしたが、いまは村におちついて、蜜蜂を飼って、のんきにくらしている人です。

「ふたりのおじいさん」は、こんなふうに始まる。エルサレムまいりに連れ立って出かけた二人のおじいさんの話だ。

この二人は、気質は違いますが、ふしぎに仲がいいのです。どちらもまだ七十歳にならないうちから、エルサレムまいりの相談をしていましたが、エフィームじいさんは、酒も煙草もやらず、その上至って几帳面なたちですから、仕事は何でも自分の手できちんきちんと、間違いなくやりとげないと気が済まないのです。息子が沢山あっても分家もさせず、大人数の一家をひとりで切りまわして、年中勝手に忙しがっているものですから、なかなかエルサレム行きのひまを作ることが出来なかったのです。

ところがエリセイじいさんの方は、ひまはいつでもありますが、酒も飲めば煙草も吸う、歌もうたうという、根が陽気なたちの人のいいじいさんですから、なかなかお金の方が間に合わず、今日まで実行が延び延びになっていたのです。

けれども、いつまでもそんなことばかりいっていたのでは、一生おまいりには出かけられないかも知れませんので、今度二人でさんざん話し合った末、思い切って出かけることになったのです。

エフィームじいさんは、持って行くお金のことは平気でしたが、エリセイじいさんの方は、大変無理をしました。沢山殖やしていた蜜蜂を巣箱ぐるみ全部売り払ったり、二人の息子夫婦から餞別を貰ったり、ばあさんのへそくり金を借りたりして、どうやら百ルーブリの金をこしらえて来たのです。

エフィームじいさんは留守中のことが心配で、家や土地の用事をこまごまと息子にいい残しては来ましたが、どうもまだ気になってなりません。エリセイじいさんの方は、あとのことは家の者に何もかも任せ、ただ、ばあさんのことだけは、くれぐれもよろしく頼むと息子の嫁に頼んだだけで、まるで子供が遠足にでも出してもらったときのように、浮き浮きと、飛び出して来てしまったのです。そして村から離れると、もう家のことなどからりと忘れ、ただ神様の教えの言葉を次々と思い出しては、心の中で繰返し、味わいながら歩いて行くのでした。

エリセイじいさんの頭はつるつるに禿げています。顔にはもじゃもじゃの頬髭が生えていますが、これに引きかえエフィームじいさんの方は頭の毛が濃くて、立派な顎髭をたくわえ、身体もしゃんとして、とても元気そうに歩いて行きました。

ところで、のんきそうなエリセイじいさんの心の中には一つとても困ったことが、ときどき頭をもたげるのでした。じいさんは、無事におまいりを済まして帰って来るまでは、酒も煙草もやらないという大決心を、エフィームじいさんを証人に神様に誓って来たのですが、それが、だんだんさびしくなって来て、やり切れなくなるのでした。

二人は五週間歩き続け、小ロシアの地方へ入って来ました。ここではどこへ泊っても、何を食べても、勘定を請求しません。人々は巡礼姿の二人を見つけますと、自分の家へ泊めたがって、引張り合いの大騒ぎをするのです。そして、いよいよ泊る家が決まると、御馳走をしてもてなした上、二人が出かけるときには、途中のお弁当にお八つまで添えて、むりやり持たせてくれます。

こんな有難いところを歩いて行きますと、その次には凶作で人々が苦しんでいる土地へ来ました。ここでも同じように、どこの家でも喜んで泊めてくれましたが、食事は出してくれません。去年の秋、作物が実らなかったために、みんな痩せ細っているのです。

二人はこういう時の用意にと、持てるだけの食糧を旅の袋に詰め込んでおりましたので、それを食べて空腹を満たすことが出来ました。

「どうかね、エリセイ君や。おれがいった通りにしてよかったろう」

エフィームじいさんは、いくらか得意顔でいいました。そして、きれいな顎髭をしごきました。

「まったく、お前さまのおっしゃる通りだとも」

エリセイじいさんは相槌を打ちました。

人のいい、のんきなエリセイじいさんは、もと大工仕事で方々を歩きまわって、小さい旅には馴れていましたので、弁当以外の食糧まで詰め込んで、旅の袋を重くして歩くのは無駄なことだと思っておりました。ところが、几帳面なエフィームじいさんが、長い道中でもなるべく人に世話をかけたくないからと、やかましくいい張りましたので、道連れのおつき合いに、いますぐ食べもしない食糧まで、宿場をたつごとに買い求めては背負って来たのです。

エフィームじいさんは、自分の計画通り、重い食糧が役に立ったのを喜んで、とても上機嫌でした。

或る日、二人は小さな村の家で一夜を明かすと、日の出前に支度をして、出かけました。二人が郷里の村を出発したのは春でしたが、いつしかもう夏の盛りになっていました。二人とも病気にかからず、どんどん旅が続けられて有難いことでした。

歩いて来ますと、道ばたに小川が流れていました。二人は岸べに腰をおろし、背負い袋からパンを出して朝の食事をしました。そのうちにエリセイじいさんが、

「申し訳ないけど、エフィームさん、おれは、もうとても駄目ですわい。神様もこれでお見限りだあね」

といいながら、手品使いのような手つきで煙草入れを取り出して見せました。

「だらしのないやつだ。君はもう前から、おれに隠れてそいつをやっておったんだろ」

「はい、エフィームさん。その通りなんで」

「誓ったことを守れぬやつは、おまいりどころか、地獄行きだぞ」

二人のじいさんは笑いながら立ち上って、また歩いて行きました。

日は高く昇って、かんかん照りつけました。ふたりの身体は汗びっしょりです。エリセイじいさんの方がへとへとになってしまいました。木蔭でもあれば一休みして行きたいのですが、向うの方に小さな百姓家が一軒、蔭を作っているだけでした。

エフィームじいさんは、こんないやな村は一刻も早く通り抜けてしまった方がいいといわぬばかりに、あとをも見ずにどんどん歩いて行きました。エリセイじいさんは、もう我慢が出来なくなり、立ち止っていいました。

「エフィームさん、ちょっと待って下さい。おれは水を一杯飲まんことにはもうやり切れんよ。お前さまは、どうだね。あそこの百姓の家まで一緒に行ってみねえだかね」

「いやいや、おれはまだ欲しくないぞ。君だけひとりで行って、大急ぎで飲んで来るがいい」

「では、水を飲んだら、すぐあとから追いついて行くからね」

エリセイじいさんは街道から畑道へ曲って、百姓家の方へ行きました。ところが、百姓の家に来てみますと、「ちょっと水を一杯」どころの騒ぎではありませんでした。

エリセイじいさんは、はじめ裏口の方から入って声をかけてみましたが、返事がありません。表の方へまわって家の中を覗いてみましたら、これは大変な有様です。一家中の人がみんな痩せ細り、息絶え絶えになって横たわっているではありませんか。エリセイじいさんは、足がすくんでしまいました。

「あわわわ。これは大変だ、大変だ。おれはどうしたらいいんだい」

エリセイじいさんはお祈りの言葉を唱えておりますうちに、やっといくらか勇気が出て来ましたので、家の中へ入ってみました。すると、台所の隅のうす暗いところから、

「お前さんは、こんなところへ何しに来た人なんだよ。どこの人だい」

と、かすれた、しわがれ声が聞えました。

恐る恐る近づいてみますと、骨と皮ばかりのおばあさんが板の台の上に腰かけて、食卓のふちによりかかっていました。

「お、おれは旅の者だが、水を一杯恵んでもらいに立ち寄ったんだよ、おばあさん」

「ああ、そうですかい。水ぐらいならいくらでも飲んでもらいたいが、ひどい飢饉に会っての。もう幾日も食べずにおりますのでな、すぐそこの井戸まで水汲みに誰も動けません。済まんがお前さま、自分で井戸へ行って、いくらなと飲んで行っておくれなされや」

やっとこれだけ告げると、おばあさんはまたがくんと首を垂れてしまいました。

ここの家族は、おばあさんを入れて五人です。おばあさんの息子夫婦に男の子と女の子が一人ずついました。エリセイじいさんは水桶を探して水を汲んで来ました。まず、おばあさんと子供に飲ませ、旅の袋からパンを取り出し、ナイフで細かく切り分けて、少しずつ水に浸して、気つけ薬でも飲ませるように注意して食べさせました。大きなパンを一つずつ子供にかかえさせて喜ばせてやりたかったのですが、そんなことをしたら、食べ過ぎて死んでしまうと考えたからです。

子供たちの母親は、となりの部屋の便所の戸口に近い床の上に倒れていました。エリセイじいさんは、早速、パンの切れを水に浸して、口の中へ入れてやりましたが、受けつけませんでした。それから台所へ行って大急ぎで湯を沸かして来て、身体中をきれいに拭いてやりました。

今度は、主人の倒れているところへ入ってみました。やっと正気づいたので起してやって、パンを水に浸して食べさせようとしますと、主人は手を振って、

「どこの方か存じませんが、御親切有難うございます。だけども、今は何を頂いても胃の方が

受けつけてくれそうにもありませんで」

といって、食べようとしませんでした。

これだけのことを夢中になってしたあとで、エリセイじいさんは、ようやくひと息つきました。そして、忘れていた水を自分もはじめて飲み、パンを少し食べました。そのあとに、悪いと思いながら、煙草も一服やりました。

「エフィームじいさんに随分遅れてしまったが、今頃は怒って歩いているだろうな。だけども、エフィームじいさんは、やっぱり神様のように見通しのきく、偉い人だ。やかましいことをいっていたが、袋の中の重い食糧が、人のためにこんなに役に立つとは思わなかったな。おれは自分のためだとばかり思って、迷惑がって背負って歩いていたが、旅先でこんなことに出会うのは今回がはじめてだ。これも神様まいりのお蔭だわい」

エリセイじいさんは、袋に残っているだけの食糧といくらかのお金を置いて、日のあるうちに道連れの友達に追いついて行かねばならないと、いったん立ち上りましたが、

「待てよ。こればかりの食糧では、五人の家族の一日分にも足らないに違いない。おれはもう少し何とか手当てをしておいて行かねばならない」

と気が附いて、出かけるのを止めました。その代り、村の小店をいくつか探しまわって、黍や麦粉や、塩やバターなどを、目の飛び出すような高いお金を払って買い集めて来ました。そ

れから薪を割ったり、水を汲んだりして、日の暮れる頃までかかって、スープややわらかい食事をこしらえて、家族の者に食べさせてやりました。男の子も女の子も半日たらずで元気になって、エリセイじいさんのお手伝いやお母さんの看病をしました。お母さんは、飢饉になる前から長い間、病気で寝ていたところへ、この凶作が重なって、こんな悲惨なことになってしまったのでした。

小さい兄と妹は、おなかが一杯になると、エリセイじいさんの腰かけている膝の下へ来て、いつの間にか眠ってしまいました。エリセイじいさんは、自分の外套を出して、二人の上にそっとかけてやりました。お百姓の主人もやっと食欲がついて元気を取り戻し、おばあさんはもともと達者で働き者らしく、一番早く元気になりましたので、エリセイじいさんもこれでやっと安心し、明日はいよいよおいとまして出発しようと思いました。

ところが、その夜、おばあさんと主人が遅くまで起きていて、凶作のことや自分たち一家の不幸になった話をかわるがわるするのを聞いてエリセイじいさんは、また決心が鈍ってしまいました。翌朝になると、おばあさんに心当りを聞いて食糧を買い出しに行ったり、売り払って無くなった百姓道具や着物や夜具などを遠い町まで行って買い調えてやりました。

こんなことをしているうちに三日もたってしまいましたが、有難いことには、その間に百姓の主人も起き上って家の中を歩けるようになりましたし、おばあさんは外へ出られるほどになりました。子供たちはエリセイじいさんのそばから離れないで、何か面白いお話をしてくれとねだります。エリセイじいさんは、蜜蜂が、おじさんのつるつる頭にとまって滑った話や、イエスさまがダビデの村のうまやの中でお生れになったお話をしました。まだ起き上れないのは子供たちのお母さんだけですが、それでも何か食べたいと口がきけるようになりました。

「これでおれの勤めもやっと終ったようだ。あしたこそ、何が何でも出立しなければならない」

じいさんは自分の心に誓って眠りました。

ところが、翌日になると、その誓いもまた破れてしまったのです。

この家のお百姓は、畑も草刈り場も、妻の病気を治すお金のかたに、金持の百姓から取り上げられてしまって、身体が快くなっても働く場所が無かったのです。そんな事情をエリセイじいさんは、今朝出立間際に主人から聞いて、

「おやおや、それではいくら待っても、暮らしは立ち直るもんじゃない」

とばかり、その足で主人とおばあさんが止めるのも聞かず、金持の百姓の家へひとりでかけ合いに出かけました。そして高い利息の積った借金を払って、畑と草刈り場を取り戻して来て

やりました。

ついでに馬と乳牛を一頭ずつ手に入れておいてやろうと思いつき、方々まわって、荷車附きで馬を手放したいという人が見つかりましたので、早速買い取り、お百姓の家へ帰りました。

「この上、乳の出る牛を一ぴき引いて来てやったら、子供たちがどんなに喜ぶことだろう。惜しいことをしたもんだ」

二人の子供が飛び出して来て、じいさんの足にまつわりついて喜ぶのを見ると、エリセイじいさんは牛を買いそこなったことが、いよいよ残念でなりませんでした。驚く主人に畑と草刈り場の書類を渡し、荷車まで附いた馬を贈りました。

エリセイじいさんは、前の晩にこんな夢をみました。

いよいよこの家の人たちに別れを告げて出発しようと、旅袋を背負い、家を出て行きますと、何かに足が引かかって、いくらもがいても足が運べなくなりました。茨の道へでも踏み込んだのかと思ったら、男の子と女の子が、じいさんの両足をつかまえて、しがみついているのでした。

「おう、おう、お前たちか」

「おじさん、行っちまっちゃいやだい。行っちゃいやいや」

「ああ、行っちまいやしないさ。おじさんは出店まで買物に行ってまたすぐ帰って来るんだからな」

「うそだい、うそだい。行っちゃいやだ。いや、いや」

そして、二人の子供が声を揃えて泣きました。それで夢が覚めました。

しかし、エフィームじいさんに早く追いつかねばならぬ、明日は何が何でも出発しようと思いました。「ちょっと水を一杯」が、四日間も友達に遅れてしまったのです。

エリセイじいさんは、その夜、ここが涼しいからといって、納屋のそばの荷車の上に旅袋を持って行って、そこで眠ることにしました。そして、家の人がみんな寝静まったところを見はからい、荷車をあとに出発して行きました。馬がプルルと鼻を鳴らし、巡礼に別れを告げました。

「あとは、お前に頼むぜよ」

「プルルル、プルルル」

馬は、とんとんと足がきを二、三度しました。

二里ほど行くと、東の空が白んで来ました。エリセイじいさんは、木の下に坐って一息入れました。その時、金入れを出して、お金を勘定してみました。はじめに持って出た百ルーブリの金が十七ルーブリと二十カペイカしか残っていませんでした。これだけでは、道連れの友達に追いつくことだけは出来るかも知れませんが、その先へは一歩も旅を続けることが出来ません。人にお金を借りたり、そのほかの迷惑をかけておまいりを済ましても、何の御利益《ごりやく》もありませんかえって思わぬ罪を作るだけです。エフィームじいさんには何とも申し訳ないが、おれはこのままおまいりを諦めて、郷里へ戻ることにしよう。人を憎まないエフィームじいさんは、ひとりでおまいりをして、このだらしのない友のためにも蠟燭を上げてくれるに違いない。こんなよい機会を外してしまったおれは、もう死ぬまでエルサレムへおまいりに行けないかも知れない。神様、どうぞお許し下さい。

エリセイじいさんは、こうと心が決まりますと、思い切りよく立ち上り、今来た道を引返しました。あの家のある村だけは、わざと遠まわりをして行きました。郷里へ戻る道中は、不思議なほど楽に歩けて、間もなくわが家へ帰り着くことが出来ました。

家の者はみんな打ち揃って機嫌よくおじいさんを迎えました。しかし、どうしてこんなに早く帰って来たのかと不思議がりました。

「途中で金をなくしてしまうやら、連れにはぐれてしまうやら、そんなことで思わぬ失敗つづきで、到頭諦めて帰る気になったのさ。この度は神様には御縁が無かったんだよ。勘弁しておくれ」

こんな説明をしただけで、金をなくしてしまった訳は何も打明けませんでした。そして残ったお金は、ばあさんに返してやりました。

エフィーム家の人たちも聞きつけて、エリセイじいさんに会いに来ましたが、同じような説明をし、

「あんたのとこのおじいさんは、病気もせず、足も達者で、どんどん歩いて行かれましたよ」

と附加えて、安心させてやりました。

間も無くエリセイじいさんは、もう何もかも忘れてしまったように、また蜜蜂を飼って暮していました。

ではこの辺で孫娘のことをちょっと報告しておきたい。

昼前に妻は、頂き物の小さくて甘い葉附き蜜柑を持って「山の下」へ行った。はじめ、あつ子ちゃんを呼ぶ。長男が球根から育てた、春を告げるスノードロップの花が咲いているのを暫く見てから、あつ子ちゃんと一緒にフーちゃんの家の庭へまわった。

ミサヲちゃんが硝子戸を開けてくれる。きれいに片附いた部屋の真中に立っていたフーちゃんは、妻を見るなり、畳の上を転げまわった。三回くらい、転がった。

あつ子ちゃんが葉附き蜜柑を、その場で一人に一個ずつ配って、みんなで食べた。

妻がフーちゃんに、

「プーさん、考えてる？」

といったら、

「かんがえる」

というなり、ミサヲちゃんの膝の上へ頭を倒すようにして引繰り返った。

昼前の散歩の帰り、崖の坂道を上っていると、下の道でミサヲちゃんが手を振って合図をしているのに気が附いた。すぐうしろをフーちゃんが歩いている。こちらも手を振る。ミサヲちゃんが遠くからお辞儀をする。

買物の袋をさげたミサヲちゃんのうしろからフーちゃんが小走りに歩く。

暫く立ち止って待っていて、崖の坂道の途中で二人を迎える。フーちゃんは恥かしがって、ミサヲちゃんの身体のうしろに隠れてしまった。

「駅からずっと歩いて来たんです」

とミサヲちゃん。よく歩いた。大人の足でも二十分近くかかる道だから。

ではもう一度、エルサレムまいりに出かけた二人のおじいさんの話へ戻ろう。エリセイじいさんは郷里の村へ帰ってしまったが、そのあとはどうなるのだろう。

ところで、エフィームじいさんの方は、どうなったでしょう。連れの友達が水を飲みに行ったまま、なかなか戻って来ませんので、見晴しのきく道ばたの草の上に腰を下して休みながら長い時間待っていました。そのうちにエフィームじいさんはうっかり眠り込んでしまって、目を覚ましたときは、もう日が沈みかけていました。

「これはしまったぞ。眠っている間に、じいさんは自分の待っているのに気も附かないで、荷車か何かに乗せてもらって、大急ぎでおれの前を通り過ぎて行ってしまったに違いない」

すっかりそう思い込んでしまったエフィームじいさんは、今度は自分の方が追いかける番になって、どんどん先へ歩いて行きました。夜になって次の村に入りました。そこでエフィームじいさんは、宿屋らしい家を一軒一軒尋ねまわって、頭のつるつる光るおじいさんの巡礼は泊っていないかと訊きましたが、どの家にも泊った様子はありませんでした。

そのうちにオデッサの船乗り場へ着きました。ここでは、いろいろな国から集まって来た大勢の巡礼の中に混って、三昼夜も汽船を待たされました。エフィームじいさんは連れを探しましたが、やっぱりいませんでした。

汽船は、コンスタンチノープル、スミルナ、アレキサンドリアの港に寄って、最後にヤッファ港に着きました。ここで乗客の巡礼たちは全部上陸し、エルサレムまで歩いて行きました。エフィームじいさんは途中で二晩宿に泊って、三日目のお昼ごろエルサレムに入り、町外れのロシア人宿所に落着きました。ここでもまたエリセイじいさんのことを宿所の管理人に訊いてみましたが、そういう人はまだ着いていないとの返事でした。

エフィームじいさんは、その日のうちに聖地めぐりを始めました。次の日、復活寺という、キリストさまのお棺のある大寺院の祈禱式へおまいりに行きました。ここは聖地めぐりの中でいちばん肝腎なおまいりの場所で、いろいろの国から来た巡礼の群れが、夜のうちから寺院の境内に詰めかけて来て、早朝に行われる祈禱式の始まるのを待っていました。

キリストさまのお棺のあるお墓の祭壇に三十六のお燈明がついて、あたりを明るく照らしていました。いよいよ祈禱式が始まりまして、エフィームじいさんがお祈りを唱えながら、人々の頭越しにお棺の方を見つめていますと、これは何という不思議なことでありましょう。お燈明の燃える祭壇のすぐ前に、忘れもせぬエリセイじいさんが立っているではありませんか。お燈明ははぐれた道連れの友達のつるつる頭を一面に照らして、まるで後光がさしているようです。うしろ姿だけで顔は見えませんが、

「確かに、あれはエリセイだ。だが、あのじいさんである筈はない。どうしたんだろう」

祈禱式が済みますと、人群れの中を夢中でエリセイじいさんの姿を追いましたが、遂に見失ってしまいました。

その後エフィームじいさんはエルサレムに六週間も逗留して聖地をまわりましたが、復活寺

の祈禱式には、その翌日も、そのまた翌日もおまいりを続けました。そしてその度に、第一日と同じようにエリセイじいさんの姿を見ましたが、人群れに遮られて、どうしても本人と手を握り合うことが出来ません。

けれども、エフィームじいさんは、この目で三度も続けてお棺の間近にエリセイじいさんの姿を見たことについては、誰が何といおうと、断じてまげるわけにはいきませんでした。エリセイじいさんが、途中で何か神様のために素晴しいよい働きをしたがために、神様があの特等席に、じいさんひとりだけをお招きになったに違いないと、思いふけるのでした。

エフィームじいさんは、やがて帰郷のひとり旅につきました。同じ道を行くうちに、或る日、去年エリセイじいさんとはぐれてしまったあたりの村へとさしかかりました。見渡せば、田にも畑にも作物が青々とひろがって、これが去年の凶作地かと疑うばかりでした。道ばたの草の上に腰を下して休んでいますと、遠くで教会の鐘が鳴り、日も暮れかかって来ました。

「どこか、今夜はこの辺の百姓家に泊めてもらうことにしよう」

と、ひとりごとをいって立ち上り、エリセイじいさんが水を飲みに走って行ったその家の見えるところまで歩いて行きました。

その百姓家に着くか着かぬうちに、さっぱりした身なりの女の子がひとり、裏口から飛び出

して来て、

「おじちゃんが来たよ、おじちゃんだ」

と叫びながら、エフィームじいさんに飛びつくと、じいさんの袖を引張って家へ連れ込みました。

「さあ、どうぞどうぞ、おじい様。お上りなさい。そして、晩御飯を食べて、今夜はどうでもここに泊って行って下さい」

お百姓のおかみさんが男の子と一緒に慌てて出て来て、じいさんを迎えるのでした。やがて主人も畑仕事から戻って来るし、おばあさんも出て来て、まるでエフィームじいさんがこの一家の恩人ででもあるかのようにもてなすのでした。

「ちょっと伺ってみるが、去年の夏ごろ、ここへ水を飲みに寄った一人の巡礼のじいさん、頭のつるつるに禿げた男は居りませんでしたか」

エフィームじいさんが訊き出すと、女の子が真先に口を出しました。

「そうよ、そうよ。ねえ、おばあちゃん。沢山うちにいて、しまいにあの馬を持って来てくれて、それからその夜中に天の上へ消えてしまった、あの神様のおじちゃんのことだよう。ね」

「ほんとだ。あのおじさん、本当に神様のように頭が光ってたな」

と、男の子もいいました。それがきっかけで家族の者は、水を一杯貰いに来た巡礼のお恵みによって、こうしてああして救われたという話を、夜のふけるまで、交る交る、涙を流し声をつまらせてエフィームじいさんに聞かせるのでした。エフィームじいさんはその巡礼が自分のはぐれた道づれであったことを打明けるのを止めました。けれどもおしまいに思いついて、一つのことだけ家族たちに打明けてやりました。

「実は、私もその頭のつるつるに禿げた巡礼のおじいさんのお姿にお会いして来たのです」

「どこで？」

「キリストさまのお棺の間近に、お話の通りの姿をした、その巡礼が立っているのを、ありありと、私はこの目で見て来たのです」

そのとき、馬が、プルルルと鼻を鳴らし、二、三度足がきをする音が馬小屋の方から聞えて来ました。

エフィームじいさんがわが家に帰り着いたのは、家を出てから一年目の春のはじめでした。早速、エリセイじいさんの家を尋ねました。エリセイじいさんは大よろこびで、顎髭の中へもぐり込んだ蜜蜂をそっとつまみ出しながら飛んで行って、エフィームじいさんと抱き合いました。

「御機嫌よう、おじいさん。達者で行って来ただかね」

「足だけはな。魂は行って来たかどうか分らんが」

「なあに、そんなことがあるもんじゃねえ。何事も神様のおぼし召し通りさ」

「ヨルダン川のお水も、お土産に受けて来てやったよ」

「やれやれ。それは、かたじけない」

「それはそうと、帰り道にお前が水飲みに寄ったあの家へ……」

とエフィームじいさんがいい出しますと、エリセイじいさんは慌てて、

「そうかそうか。何事も神様のおぼし召し通りだ。おじいさん、ちょっと家へ寄って待っててておくれよ。いま、蜜を取って持って行くでな」

と、その話をもみ消して、蜜蜂の飼い場の方へ走って行きました。

エフィームじいさんは、エルサレムでじいさんの姿を見た話も、エリセイじいさんにはもう聞きただささないでおこうと思いながら、家の方へゆっくりと歩いて行きました。

# 少年パタシュ

妻が薬局で化粧品の景品に貰った、小さなポリアンサの鉢を二つ持って、「山の下」へ行く。ミサヲちゃんに電話をかけて、家にいるかどうか確かめてから。一緒に行く。ミサヲちゃんとフーちゃんは家の外に出て待っていた。フーちゃんは妻を見るなり、よろこび、大きな声を立てて何回も飛び上る。

朱色のポリアンサの花の鉢を両手でうれしそうに受取ったフーちゃんは、花に顔を近づけて眺める。長男の家からあつ子ちゃんが出て来て、ポリアンサの鉢を花壇の土の上に下す。この前、見せて貰ったスノードロップの白い花がまだ咲いたままになっている。

フーちゃんは、デニムのスカートの下はむき出しの素足。その上は黄色い、厚地の木綿のブラウス。ゴム長靴を履いていた。妻がグリコを上げると、おまけの入った小さい箱を指で開けようとする。やっと出て来た。プラスチックの黄色の小さなアイロン。

妻がスラックスの上からアイロンをかけるように動かしてみせると、自分もあつ子ちゃんのスラックスにアイロンをかける真似をした。

グリコのおまけの小さな箱を指で開けるとき、フーちゃんは鼻息を荒くしたと妻があとで話す。フーちゃん、興奮すると鼻息を荒くなるの、フーフーフーフーいうの、と妻がいう。最初、妻を見るなり、よろこんで、燥いで叫びながら飛び上ったあと、ミサヲちゃんのスラックスのうしろへ顔をくっつけた。恥かしがって。

昼前、何か妻のうれしそうな話し声がすると思ったら、ミサヲちゃんが買物に行く途中、フーちゃんを連れて寄って、これから出て行くところであった。妻がフーちゃんを抱いて庭へまわり、書斎にいる私に見せに来た。

玄関から出て行く。ミサヲちゃんの話では、家の前の坂を登りかけたとき、くしゃみを一つしたフーちゃんが、

「ティッシュ」

といった。

はなを拭いて貰うつもりであった。ミサヲちゃんはティッシュを持っていなかったので、借りに寄ったのであった。

そのティッシュの袋とミルキーの箱をズボンのポケットに入れて貰った。妻は市場の八百屋

に宅急便を一つ出す用事があったので、ミサヲちゃんと一緒に行くことにする。急いで支度をして出て来る。フーちゃんは、ミサヲちゃんと妻の手につかまって元気よく歩いて行く。妻の方に身体を傾けるようにして、斜めになって歩いて行った。

三月三日、雛祭りの日に南足柄から長女が末の子の、今度幼稚園へ入る正雄を連れて来た。妻はお昼、入園祝いの昼御飯をこしらえてささやかなお祝いをしてやった。

午後の散歩から帰ると、フーちゃんが出て来る。あつ子ちゃんとミサヲちゃんも来ていて、間もなくお茶の用意が出来る。清水さんが届けてくれたお雛さまの草餅とさくら餅。これは銀座のお店に勤めている清水さんの御主人が近くの和菓子の店に予約をして買って下さったものだ。

フーちゃんは草餅を一つ食べ、あとはメロン。妻が用意していたお雛さまの贈り物を渡す。正雄にデニムのズボン。フーちゃんにトレーナー。子供のいないあつ子ちゃんには、格子縞のブラウスを上げる。正雄は取り出して眺める、うれしそうに。フーちゃんは気に入って胸に当てたまま、みなに見せていた。

そのあと、正雄は廊下を叫び声を上げて騒々しく走りまわる。フーちゃん、あとを追って走る。

妻は、九度山の柿の箱の「バス」に縫いぐるみの「クマさん」や「ウサギさん」「ネコ」をいっぱい入れたところへフーちゃんを乗せて、図書室から書斎へ引張って行く。正雄が、自分も乗りたいものだから、そのうしろについて歩きながら、

「フーちゃんなんか、大っきらい」

と叫んだ。妻は、次に正雄を乗せて引張ってやった。

南足柄の長女から宅急便が届いた。アップルパイ、家で飼っているちゃぼの卵、胡麻せんべい、近所の親しい方から貰ったてんぐさ、海苔、無事退院した工芸家の宗廣先生からの「あしがら織」のネクタイとテーブル掛けなどいっぱい入っている。

長女の手紙。

先日は色どりも美しい大阪ずしと、とれとれのお刺身、うしお汁、空也の草餅とさくら餅、手作りのあられなどでお雛さまと正雄の入園のお祝いをして頂いて、本当にどうも有難うございました。デニムのズボンも有難うございます。

また忙しい毎日の時間を割いて見事に仕上げて下さった入園の用具一式は、リュックサックにも手さげ袋にもお弁当入れにもブルーのアップリケの熊さんが笑っていて、ひと針ひと

針に心のこもった何よりの品を本当に本当に有難うございます。

一昨日は沢山の伊予柑とじゃこが入園祝いのお金と一緒に届きました。こんなにして頂いた上にお祝いまで頂いて恐縮しています。正雄は嬉しくて嬉しくて、一日に何回リュックを背負って、何回お弁当箱を開いてみるか分らないほどです。幼稚園へ行くのが楽しみで仕方ない様子ですが、これも熊さんリュックや熊さんバッグのお蔭です。お祝いのお金で傘と長靴を買わせて頂きます。それから、コップとお手拭きタオルが二、三枚要るそうなので、お揃いの熊さんのアップリケを済みませんが同封のお金で買っておいて頂けますか。

ネクタイとテーブル掛けは、退院された宗廣先生から。「御両親様にお礼の気持です」とのことです。くれぐれもよろしくお伝え下さいといっておられました。

雨ばかり降るので一日中台所に立って食糧を作っては、貯金をしたようないい気分に浸っています。アップルパイを三時のお八つにどうぞ。てんぐさは久布白《くぶしろ》さんからの頂き物です。久布白さんがお母さんの縫ってくれたリュックサックを見て、大へん感心していました。そして私に四人の子供に孫が出来たら、みんなにこういうのを作って上げなさいといわれました。では、くれぐれもお身体大切にして下さいね。さようなら。

午後、妻は長女が宅急便に入れて送ってくれたアップルパイと胡麻せんべい二袋、自家製のレモンの蜂蜜漬シロップ二壜を持って、「山の下」へ行く。あつ子ちゃんのところへ先に寄った。ミサヲちゃん、いる？　と尋ねると、いま、電話で話していたところだから、いますという。あつ子ちゃんと家の前で話しながら、次男の家の方を見たら、庭に面した部屋の、カーテンの端のところがちょっと開いて、フーちゃんの顔がこちらを覗いた。

「いる、いる」

と妻はいった。

あつ子ちゃんと話している声が聞えたのかも知れない。

あつ子ちゃんが玄関から、

「ミサヲちゃーん」

と呼んだ。妻も呼んだ。ミサヲちゃんがフーちゃんを抱いて裏口から出て来て、長男の作った床几の上にフーちゃんを下した。

フーちゃんが、

「くちゅ、くちゅ」

といい、ミサヲちゃんは家へ戻ってゴム長靴を取って来た。妻は持って来たものを床几の上に置いて、アップルパイは正雄のリュックサックやお弁当入れを作ったお礼に送って来たものだと話す。

長靴を履いたフーちゃんは、

「あんちゃん（あつ子ちゃん）とこんちゃん（妻）とお母さんとでちゅっちゅ、見に行こう」

という。大家さんの庭にせきせいいんこの籠が吊してあるのを見に行こうというのである。みんなで長男の家の横から階段を下りて大家さんの庭へ入って行く。（長男が入っている家作は、もともと大家さんの息子夫婦のために庭先に建てた二階家であるが、息子夫婦が親の家で同居するようになってから貸家になっている）

前からフーちゃんが大家さんの庭の「ちゅっちゅ」を見に行く話を聞いていた妻は、庭の隅にあるのかと思っていたら、お座敷の硝子戸のすぐ前に吊した鳥籠のなかにせきせいいんこが一羽、いた。これがフーちゃんの好きな「ちゅっちゅ」である。

前にぶらんこがある。フーちゃんをぶらんこに乗せてミサヲちゃんとあつ子ちゃんは立ち話を始める。あつ子ちゃんが胡麻せんべいのかけらをせきせいいんこにやると、食べる。いつもこんなふうにしてミサヲちゃんとあつ子ちゃんは大家さんの庭へ入って行き、ぶらんこにフーちゃんを乗せておいて、気楽に世間話をしているらしい。

「フーちゃんは外へ出たかったんでしょう」

帰って来て話をした妻は、いう。

「そこへ話し声が聞えたから、カーテンを開けてこちらを覗いたんでしょう」

昼前の散歩に出かけようとしたとき、

「洗濯干しの下のクロッカス、見て下さい」

と妻がいった。

紫のしぼりがかたまって咲いている。黄色も二つ、咲いている。数えてみると、紫のしぼりは十、咲いていた。春の日差しをいっぱいに受けて開いている。

午後の散歩から帰って書斎のソファーにいると、玄関の呼鈴が鳴った。妻が出て行くと、清水さんが花を届けに来てくれたのであった。

「今年は咲きが悪くて駄目なんです」

そういって渡してくれたのは黄色の水仙の花束とヒヤシンスの包み。水仙もヒヤシンスも溢れんばかり、たっぷりあった。

「清水さん、おはぎ、お作りになりましたか」

と妻が尋ねると、

「いいえ、買いました」

ちょっと待って下さいといって妻はその朝、作って「山の下」の長男と次男のところに届けてやったお彼岸のおはぎを、餡こを二つ、黄粉のを一つ紙の小皿に載せ、お隣りから頂いた千葉の袋入りの味噌を添えてさげ袋に入れて持って行った。少しだけにしましたからといって渡す。

清水さんは、

「エイヴォンに札を附けましたので、今度、畑へ来られたら、ご覧になって下さい」

といって帰った。

その翌日、昼前の散歩のとき、妻と一緒に幼稚園の向いの清水さんの畑へ行った。水仙とヒヤシンスが咲いていた。

はじめ、清水さんが去年、新しく薔薇を植えた東側を探してみた。次にもとからある薔薇の方を探したら、すぐに見つかった。

根のところに、

「エイヴォン」

と書いた小さな名札が挿してあった。

これが何度も私の仕事机の上を賑やかにしてくれたエイヴォンかと、つくづく眺める。新しい、元気のいい芽が、いっぱいふき出している。

今回は堀口大学訳『毛虫の舞踏会』からトリスタン・ドレエム作「少年パタシュ」を紹介したい。『毛虫の舞踏会』は、戦争中の昭和十八年二月、札幌青磁社から刊行されたフランス装の、表紙の下の方にかたつむりの絵のカットが入った本で、私の持っているのは、奥付を見ると、戦後の昭和二十一年八月十五日発行の第三刷、となっている。定価金三十円。

堀口大学は、「はしがき」に次のようにしるしている。

動物の生活や性情を主題にしたフランス現代の短篇やコントの中に、極めて優れた作品があり、然もそれが、人間の生活や性情を主題にした短篇やコントとは、全然別趣の美しさを持つ文学を成就してゐる場合がままあるのに心づいて、数年来僕は、この種の作品の採集と飜訳に努めて来た。それ等の多くは、一読人をして動物の世界に新たな関心を持たせ、これに慈愛の目を向けさせ、自然界のハアモニイを感知させ、ひいては人の心を清らかにする力のある文学だつた。

今、それが十数篇集まつたので、『毛虫の舞踏会』と題して一巻にまとめ、世の美しきものを愛さるる読書子に贈ることとした。

ここに取上げようとしている「少年パタシュ」は、必ずしも「動物の生活や性情を主題とした」短篇とはいえないかも知れない。が、動物の世界に対する関心と慈愛の目が無くては生れなかった作品といえる。著者のトリスタン・ドレエムについて訳者は、「一八八九年ロ・エ・ガロンヌ県マルマンドに生る。蝸牛とパイプの詩人として知らる」と簡単な紹介を試みている。また、「『少年パタシュ』からここに訳出した愛すべき物語は選んだ」と附加えている。一　パタシュの麒麟　二　パタシュは反芻がしたい　三　パタシュと金魚の三章に分れている。

一　パタシュの麒麟

――麒麟を買って頂戴ね」

パタシュは欲が深い。今度、彼はこう言って僕に麒麟を要求する。

――パタシュや、あんまり無理を言っちゃいけないよ。ついこの間も、星をつかまえてやったじゃないか……」と、こう、僕が彼をたしなめる。

――あれ、僕、逃しちゃったい！」

――蝶鮫も借りてやったじゃないか……」

――だって一度も僕見られないんだもの！」

――袋鼠を上げるって約束しただろう……」

――でもまだくれないじゃないの」

「パタシュの麒麟」は、こんなふうな、パタシュと「僕」との、童話ふうとでもいうべき会話から始まる。続きを読んでみよう。


――ところで今度は、麒麟が欲しくなったんだね。麒麟なんかをどうしようてんだい？　今度巴里へ帰る時には、汽車の屋根へ穴をあけて、麒麟が首を折り曲げずに、旅行出来るようにしてやらなけりゃいけないよ。それでも、最初のトンネルで、角の一本位は折ってしまうぜ。それに巴里へ帰ってからも大変だよ。うちのアパアトの天井にまで穴をあけさせて、あんたの麒麟が家の絨毯の上に立ったままで、二階の家の人達の草色のスリッパアが食べられるようにしようというのかい？　いけません。麒麟は上げません。象も上げませんよ。どうやら今度は、象が欲しいと言い出すつもりらしいが……」

――違うよ、違うよ。僕はただ麒麟が欲しいだけなんだよ」と、こう、パタシュは平気で答える。

僕等は一月以来田舎へ来て暮しているが、ここでは、四十雀とお寺の鐘の音しか聞えて来ない。こうして僕が筆を執っている時も、長い羊の行列が、畑をとり囲む生垣の間の道に鈴を鳴らしながら、寂しい秋の戸口へと山から下りて来る。

十月が壁の上に蔦を色づけている。赤い蔦の葉は、屋根の瓦のところまで登っている。

昨日、サアカスの一団がここを通って隣の小さな町で一夜を過した。パタシュはおとなしい馬に乗った曲馬の娘達に感心した。一番彼に嬉しかったのは、麒麟だった。僕はパタシュに言ったものだ。

——御覧よね。前脚が後脚より長いだろう」

——本当だね。坂になっているね」

——麒麟は、どこの国に住んでるか知ってるかい？」

——麒麟は北極の動物だい」と、こう、パタシュが真面目くさって答える。

——違ってはしないかい。パタシュ？」

——違ってなんかいないよ。吹雪の中で生きるように出来てるんだい。あんなに坂になって、家の屋根と同じなんだよ。雪がいつまでも背中に積っていると冷たいからなんだよ」

僕がパタシュに、麒麟はアフリカ産の動物だと言い聞かせても、彼はなかなか承知しない。

——そんなら何故、坂になってるのか？」と彼は言うのである。

なるほど、麒麟は何故坂になっているのだろうか？　勿論、木の天辺の葉を食うためには相違あるまいが、たといそうだとしても、後脚がもっと長かったところで、別に前脚が短くなるわけでもなさそうに思われるが。パタシュは相変らず、僕を何かと瞑想に追い込んでしまう。絶えず彼のために、いちいち世界の神秘を解きほどいてやらなければならないような結果になる。

――もしかすると、麒麟は急いで坐るためにあんなに坂になってるのかも知れないねえ……」

――なるほど！　あ、なるほどね……」

――だから僕に一匹買ってよね。汽車の中では腰かけさせておけばいいし、巴里へ帰ってからは、応接間の長椅子に坐らしておこうよ。そうすればもう大きすぎるからいけないなんか、誰も言いはしないよ」

二　パタシュは反芻がしたい

牧場の無花果の木の下で、ヴィルギリュウスが草を食べている。ヴィルギリュウスは、パタシュの仔羊だ。彼はついまだ乳を離れたばっかりだ。

それで、日ざしの美しい今朝の青草が、彼には大した御馳走だ。パタシュも彼の前に坐って、あくびをしている。

――口に手を当てて、あくびはするものです！」と、こう、フィリップ伯父さんが、彼に言われる。

ところが、パタシュは合図で、邪魔をせずにおいてくれと申し込む。

彼は今度はしつっこくあくびをして、大きく溜息を洩らす。仔羊は彼を眺める。そして素っ気ない様子で、また自分の御馳走を食べつづける。

――僕、こいつにあくびがさせたいんだよ」

――あくびをさせてどうするの」

――大きく口をあけさせたら、こいつの反芻機械が見えるかも知れないからだよ」

――反芻機械だって？　……」

ここで僕は、君に言っておかなければならない。パタシュは二日以来、大層驚いているのだ。

その暮方、家の作男が中庭で荷車から小麦の積荷を下していた時、二頭の牡牛どもは、じっと立ったまま、顎だけ動かしていたものだった。彼等は静かに噛んでは飲み込むのだった。ところが中庭は石畳になっていて、石の間には草の葉一本生えてはいなかった。いったい何を食べているのだろうか？　と、こう、パタシュは思案した。蝿を食べているのかも知れなかった……。ところがそうでもないらしかった。というのは、蠅どもは大層悠々と、牡牛達の頭のまわりを飛びまわっているのだし、中の一匹が、目の上に来てとまったりすると、牡牛は素っ気なく彼等の重い瞼を閉ざすだけだったから。ここでパタシュに、簡単ながら自然科学の講義をしてやらなければならなかった。つまり山羊や羊と同じく、牡牛も反芻動物だと言って……。

パタシュはすっかり感心した。

——僕にも反芻の仕方を教えてね」

——そりゃ駄目だよ」

——僕が一人で覚えなけりゃいけないの」

——そうじゃないんだよ。子供に反芻は出来ないんだよ」

——僕が大きくなったら出来るの？」

——大きくなってもやっぱり駄目だ」

——ふうん……つまんないなあ。では動物の方が人間より具合よく出来てるんだねえ？」

——そう言っちゃいけないんだよ。牡牛は反芻はするが、利口ではないんだ」

——一番利口な人間に反芻が出来ないくらいなら、利口だって役に立たないじゃないの？」

——パタシュや、あんたの言うことは無茶だよ」

——僕、動物のすることがみんなしてみたいんだよ。僕、鰭が欲しいなあ」

——人間の知識が船をこしらえたよ」
——そうか……僕、翼が欲しいなあ」
——人間は飛行機をこしらえたじゃないか」
——あ、そうか……。僕、もぐらみたいに土の中が散歩したいなあ」
——地下鉄にお乗りよ」
——僕、反芻がしたいなあ」
——そりゃ駄目だと言ったじゃないか」

パタシュと「僕」との会話の途中だが、ここでパタシュのようにおしゃべりでない、私の孫娘の文子のことをちょっと報告しておきたい。

昼前の散歩の途中で妻とスーパーマーケットへ買物に寄ったとき、リュックサックを背負ったミサヲちゃんがフーちゃんを連れて来ているのに会った。ミサヲちゃんに、

「今日は、は？」

といわれたフーちゃんは、身体の前で手をちょっと振ってみせた。外で会ったので、少し緊張していたのかも知れない。ミサヲちゃんは、離れた売場にいる妻のことを、

「お母さんは？」

と尋ねる。それから、帰りに寄りますといった。

妻は買物をして先に帰り、こちらはいつもの通り、浄水場の、車の入らない道へ行って散歩をつづける。

散歩を終って帰ると、

「これからお茶にするところです」

と妻がいう。縁側の硝子戸を開けひろげて（暖かい日であった）、フーちゃんは縁先の腰かけの上の座布団に部屋の中を向いて坐っていた。包丁で切り分けてあるメロンをフォークに突き刺して口に入れる。自分のを食べてしまったフーちゃんは、妻とミサヲちゃんから貰ったメロンも食べてしまう。

あとから妻が追加したメロンは、固い。口の中へ入れたものの、フーちゃんは嚙み切れなくて立ち往生してしまった。ミサヲちゃんに、お皿へ出しなさいといわれてやっと皿へ吐き出した。

「メロンがかたいので……」

とフーちゃんはいう。食べられない、というつもりらしい。

フーちゃんは白のカーディガンを着ている。ところどころに赤い家や木の絵の入った可愛いカーディガンで、気に入っているんですとミサヲちゃんがいった。

お茶のあと、妻とバットとボールで遊ぶ。フーちゃんはボールが来ても、バットを構えたままで立っている。振ろうとしない。それでも面白そうに遊ぶ。妻は廊下でまりつきをする。フーちゃんは見ている。

昔、長女の勉強部屋であった部屋へ行く。フーちゃんは妻に鉛筆削りで削らせてもらった鉛筆で画用紙にかく。クレヨンの方がいいね。で、クレヨンを取る。何をかくのと妻が訊くと、

「プーさん」

とフーちゃんがいう。「クマのプーさん」を妻がかく。それからウサギさん。ゾウさん。ぞうさん、ぞうさん、おはながながいのねと妻は歌いながらかく。

妻の話。はじめ、電気スタンドの前にあった写真を手に取って見た。この前、次男夫婦が箱根芦の湯のきのくにやさんへ行ったときの写真。部屋の中でパジャマを着て次男の膝に抱かれている自分の写真を見て、

「おとうさんだァ」

とフーちゃんがいった。

物をいわない子が、少しずつ物をいうようになった。

「これ、フーちゃん」

と妻がいうと、口をつぐんで横を向いた。

昼前、そろそろ仕事を終りかけていたところへ、ミサヲちゃんがフーちゃんを連れて来た。

「今日は」

とミサヲちゃんが声をかけて庭から入って来る。妻が出ると、フーちゃんはよろこんで走りまわり、ミサヲちゃんのうしろにすがりつくようにして隠れた。前の日、妻はお彼岸のおはぎを「山の下」へ届けに行ったとき、フーちゃんの靴を買ったから取りに来て頂戴とミサヲちゃんに話しておいたのだ。

しばらく図書室でバットとボールで遊んだあと、縁側でメロンとレモンの蜂蜜漬シロップ。二日前に日比谷で宝塚歌劇団月組の公演を観たあとで松屋へ行って買ったフーちゃんの白の運動靴の箱をフーちゃんに渡す。フーちゃんは結んであった赤いリボンを外し、箱のなかから靴を取り出す。よろこぶ。フーちゃんは靴を履いて廊下を歩いてみる。

時間が来たので、こちらはいつもの昼前の散歩にひとりで出かけた。帰ったときは、もうミサヲちゃんとフーちゃんはいなかった。

妻の話を聞くと、フーちゃんが帰るまで手間がかかったらしい。ミサヲちゃんが、

「そろそろ参ろうか」

といったが、フーちゃんは帰りたがらない。仕方なしに妻が、おじいちゃん迎えに行こうと

いって連れ出した。浄水場の金網に沿った道を大分歩いて、途中で引返す。崖の坂道の下でフーちゃんはコンクリートの小さなかたまりを二つ拾って、両方の肩にかつぎ上げて歩いた。さすがに重くて、坂道の最初の曲り角へ来たとき、二つとも下した。

コンクリートのかたまりを下したら、とたんにくたびれが出たのか、フーちゃんはしゃがんでいる妻の膝の上へ来て坐ると、寝そべった。おなかも空いていたのだろう。動かなくなってしまった。次の曲り角の崖につくしの生えているところがあったのを思い出して、

「フーちゃん。つくしがあるから行こう」

と妻がいったら、やっと歩き出した。

それから二人でつくし摘みをした。フーちゃんははじめのうち自分も摘んだが、先がちぎれるので、あとはつくしを見つけて妻に知らせた。背の高い、伸び切った、先の枯れたようなつくしは止めて、土から少し頭を出している、小さな、いいつくしを指した。

摘んだつくしは、全部、ミサヲちゃんのさげているバッグに入れた。

崖の坂道の上までやっと登ったフーちゃんは、立ち止って景色を眺めた。また動かなくなった。妻が、

「チーズがあるから、チーズ持って帰ろうね」

というと、フーちゃんは歩き出した。家へ寄って、チーズを取って来た妻は、フーちゃんに

渡した。

「さあ、家へ帰ってチーズ食べなさいね」

それでフーちゃんは元気を出して帰って行った。

台所で妻がメロンの皮をむいて、包丁を入れて、皿に載せていたときのことだ。フーちゃんは待ち切れなくて、お皿のメロンに手を出そうとした。

「あとで、みんな一しょにね」

といって私が止めると、一呼吸おいて、

「ばァか」

といった。

物をいわないフーちゃんが、いった。日に日に賢くなる。

ここでパタシュと、パタシュの遊び相手の「僕」の会話へ引返して、つづきを読むことにしよう。パタシュは牡牛のように反芻がしたいという。

——何故駄目なのかなあ？……お菓子を見ても、僕、いやしん坊な顔なんかしなくなるのになあ。僕、ビスケットを一度に一箱みんな食べちまうんだよ。そうして一週間分身体の中にしまっておくんだ。病気にもならずにさあ。フィリップ伯父さんが退屈なお話を始めると、僕は早速、聴きながら口を動かすんだ。パタシュ、何をしてるんだい？　と訊かれると、僕は返事をするんだ。僕、今、ビスケットを反芻しているんだよってね」

——ビスケットって、あんたに今それが一つでも見えるのかい？」

——見えないさ」

——見えなくっても、話は出来るだろう。味も分るだろう。そんなら見えるも同じじゃないか」

——そりゃそうさ。僕、ビスケットがどんなものかくらい知ってるよ」

——おいしいものだろう？」

——ああ、おいしいね」

——そんなら、あんたも牡牛と同じだよ。反芻してるんだよ。みんなが反芻するんだよ。詩人なんかは反芻の専門家だ。彼等は少年時代や青春の楽しかった日を反芻する。すると彼等の過去の一切がよみがえって、心の中に浮んで来る。早い話が、食いしん坊さん。先ず自分のしていることを御覧よ。あんたは今、ビスケットを夢想している。牡牛の胃袋に草が一ぱい詰っているると同じように、あんたの頭は思い出で一ぱいだ。そのくせ牡牛は牧場から遠いところで、あんたはお菓子の箱から遠いところにいるじゃないか。だから君達はどっちも反芻動物だよ」

――でも僕、やっぱり本当のビスケットが反芻したいなあ」と、パタシュが僕に訴えるのである。

## 三　パタシュと金魚

美しい光線が開けっ放しの窓から入って来る。日が照っている。空気は暑過ぎも寒過ぎもしない。雀が三羽、みどりのマロニエの木の中で囀っている。石鹸の泡だらけになったパタシュは、しきりに頸や耳をこすり廻している。

――そら洗え、それこすれ、パタシュ！」

ところが、不意に彼が僕に向って言うのである。

――僕、実験をしてみるよ」

彼は、洗面器の中へ首を突込む。むせかえるような騒がしい音が聞える。鳥の啼き声と七面鳥の啼き声を一緒にしたような音である。パタシュが顔をあげる。くさめをしながら、咳をしながら、妙な具合にうめきながら。雀たちは驚いて、逃げてしまう。

――どうしたんだい、パタシュ？　おっとせいの真似をしたのかい？　……君、知らないんだね。子供も大人も、水中で呼吸することは出来ないと」

ところが、彼は大真面目で答えて言うのである。

——だから実験だと言っているじゃあないか。僕、魚たちが何故しゃべらないか知りたかったんだい。解ったよ。あれ、しゃべれないからなんだね。水の中でしゃべったら、むせちまうものね。溺れるものね。実験で解ったんだい」

彼はくさめをする。

——僕、魚になるの、厭だな」と、こう、彼は感想を洩らすのである。

パタシュは、魚たちが大好きだ。僕はここで、君に告げておく必要がある。僕の家のすぐ近所に、一軒の観賞魚店があるのだと。ひっきりなしに、パタシュは僕の手を引っぱりながら言うのである。

——魚を見に行こうよ」

誰だって、パタシュに要求されたが最後、断ることなんか出来はしない。僕は読みかけの書物なり新聞なりをおっ放り出すと、早速、観賞魚店を眺めに出かけるわけだ。赤い魚たち、白い魚たち、青い魚たち、黒い魚たち、水中に長いヴェエルをなびかせて泳ぎ廻る魚たち。パタシュは、それらの魚たちに見とれる。出来るだけよく見ようとするためらしいが、パタシュは眺めるとなると、必ず口をあんぐり開いている。

——小鳥のパタシュ、くちばし閉めろ！　魚が中へ飛び込むぞ……」

するとゝ彼はにっこりしながら言うのである。

——お魚たちに空中散歩が出来ないくらい、知らないのかな」

——でも、飛魚が来たらどうしようね？」

すると大急ぎで、彼は口を閉める。

僕が、毎日、朝から晩まで魚ばっかり眺めて暮すことの出来ない事は、お察しいただけると思う。僕には、毎日、何枚も何枚も原稿用紙に書くという仕事があるので……。勿論、僕にも、パタシュの希望のままに、自分のインキ壺、自分のペン、自分の書物、自分の紙、椅子とテエブルを持ち出して来て、この素晴しい水槽の前の歩道に陣取ることも出来るわけだった。そうしたら通行人は、僕を代書人と間違えて、中には手紙の代書を依頼に来る慌て者が現われたりしたかも知れない。パタシュは、おとなしくっていい子になるから、是非そうして欲しいと言うのである。この利発な少年は、早速もう店の主人に向って、小演説を試みてしまったのである。

——僕の伯父さんが、このお店の前へ机を持って来ても構いはしないねえ？」

商人は、いいとも、悪いとも言わなかった。

——駄目だ、駄目だ。君はまさか、この魚たちをいじめるつもりはないんだろう？」と、こう、たまりかねて僕は言ったものだ。

――そんなことないさ。でも、魚たちは、伯父さんがここにいるのを見たら喜ぶよ」

――とんでもない。お魚たちは、わしを雑魚釣りと思い込むに違いないよ。恐がって、きっと動けなくなるよ。それにパタシュや、ちと考えておくれよ。君が僕にさせようというその歩道の上の生活、いったいそれは僕のような真面目な人間のすることかどうか」

パタシュは、これ以上せがまなかった。彼もさすがに気がひけたのだ。ただ彼は、口惜しさとも憧れともつかない様子で僕に言うのだった。

――僕、大きくなったら潜水夫になるよ」

――どうしてそんなものになるんだい、パタシュ？」

――お魚たちと一緒に暮すためさ。僕、鮫の尻尾を引張ったり、蝶鮫の秘密を見破ったりするんだい」

いずれは彼を、潜水夫学校へ入れてやるようにすると僕は約束した。この遠い未来の日が来るのを待つ間の慰めにと思って、僕は、見事な金魚を一匹彼に買ってやった。この金魚は、芥子の花のように、桜ん坊のように真赤だ。まるで水中を泳ぎまわる炎のようだ。

僕等は、金魚を食卓の上へ移した。お昼の食事の最中、僕が天井を眺めているすきを狙って、パタシュは、自分の水コップの中へ粉砂糖を全部ぶちまけてしまう。砂糖水は彼の好物中の好物なのである。ところが、一口飲んだ彼はいきなり叫び声を立て、咳込み、くさめをし出した。彼は、間違えたのだ。彼がコップの中へあけたのは、食塩壺だったのだ。

――罰が当ったんだ」

と、僕が言う。

彼は黙りこくっている。突然、金魚に向って彼は言い放つ。

――あんたは運がいいね、海の魚でないなんて！　塩水の味ってひどいぜ……」

――あんたもこの行儀のいい魚の真似をするようになさい」と、こう、僕がパタシュに教訓を与える。

――高徳の士のように、彼は硝子の家に棲んで、然も赤面するところがない……」

――そりゃそうさ。元から赤面しているんだもの」

――ねえ、よっくごらんよ。パタシュや。人に見られても、この魚が平気でいられるのは、自分がお行儀がいいからなんだよ。彼は決して人の目を盗んで悪いことなんかはしない。勿論、僕が何か考えているすきを盗んで、お砂糖と間違えて食塩を自分のコップにこっそりあけたりはしません。つまり、虚偽・無智・粗忽・食いしん坊の罪を犯し、おまけに早速その罰まで受けるようなことはしません……。解ったかい？」

パタシュは、首を垂れる。彼は恥じ入っているのである。

# ふるさと

夕方、妻は清水さんからこの前頂いたお赤飯のお返しに小豆を煮てお餅と一緒に持って行くことにした。小豆はプラスチックの箱に、切餅はお赤飯の入っていた塗りの箱に入れた。崖の坂道の上まで来たら、浄水場の横の道の、鉢植の花の世話をよくしている家の前で、清水さんがそこの奥さんと立ち話をしているのが見えた。

清水さんはこちらに気が附いて、手を振った。

坂の下で会った。夕方のお茶に小豆を煮てお餅と食べていたら止まらなくなったので、清水さんに上げようと思って、持って来ましたと言って渡す。清水さんは畑の帰りで、畑で切ってきたヒヤシンスと水仙の包みをくれた。

「最後の最後です」

といって。畑の水仙とヒヤシンスをかき集めて持って来てくれた。

その翌々日。

夕方、図書室の窓際のベッドで本を読んでいたら、呼鈴が鳴った。清水さんが畑の帰りに花を届けてくれたのであった。妻が出たときは、花の包みだけ玄関の前へ置いて、清水さんは崖の坂道の角の家の前を歩いて帰って行くところであった。

その花の包みを妻が図書室の私のところへ見せに来た。ライラックとクリスマス・ローズと野草の赤い小さな花。ライラックは、清水さんの畑にあるが、花を頂くのはこれが初めて。うれしい。花と一緒に紙に包んだ筒形のものがある。開けてみると、細長い、一輪挿しの硝子の花生けが出て来た。ライラックはこれに活けて下さいというつもりで添えてくれたのだろうか。

メモと葉書が入っていた。

メモには、

「ライラックは水上げが悪いようですが、切口へ十の字に鋏を入れますと、大丈夫なようです」

と書かれていた。妻が洗面所へ持って行って、鋏を取って切り口を入れようとしたら、もうちゃんと十の字に鋏が入っていた。妻は私にそのことを報告して、感心する。

鳩居堂の葉書には、小豆とお餅のお礼が書いてあった。

「桜満開。棚からぼた餅でなくて、お山の上からぼた餅。本当に間がよく、坂の下でお引き合せ下さるとは、やっぱり運がいいんですね。帰宅すると、お茶だけいれて、おいしくおいしく頂きました。お餅は、私は二つで我慢しておきました。

ライラックの花が咲きました。ライラックの花を活けて、心はもう宝塚の舞台に。十九日を楽しみに待って居ります。本当に有難うございました」

註を加えなくてはいけない。清水さんは今度、宝塚歌劇団花組の公演「会議は踊る」を御主人と二人で観に行くことになっている。私たち一家も（南足柄の長女、あつ子ちゃん、ミサヲちゃんも合せて）観に行く。清水さんご夫婦は、私たちの三日後の切符を買っている。

翌日。

朝食の卓に、昨夕頂いたライラックの花を清水さんの下さった一輪挿しの花生けに活けてある。細長い硝子の花生けに、ライラックがよく合う。

妻が、

「ライラックがかったローズは、エリザベス女王のお好きな色です」

という。

八年ほど前に「エリア随筆」の作者チャールズ・ラムのことを書くためにロンドンを訪れたとき、ハロッズ百貨店で南足柄の長女とあつ子ちゃんのためにカーディガンを買った。選んだ

のはライラックがかった、くすんだローズの色であったが、店員のおばあさんが、

「クイーンのお好きな色です」

といったというのである。

ライラックを頂く前に清水さんが下さった水仙は、玄関と書斎のピアノの上の花生けに、ヒヤシンスは書斎の卓の切子硝子の鉢に活けてある。


昼前の散歩に行こうとして家の前へ出たら、坂道の下から次男が上って来るのが見えた。ミサヲちゃんとフーちゃんが横にいる。フーちゃんは私に気が附くと、身体の前で手を振った。

「今日は」の挨拶なのである。

会社は休みの次男が、何か手に持っていると思ったら、時期外れの小さな、手製の凧であった。一緒に崖の道の方へ歩き出しながら、次男は手に持った凧のわけを話す。

ディズニイの「プーさんの大あらし」のヴィデオに凧が出て来て、文子が、たこ、たこというから作った。これから子供のための野球場になっている下の公園へ揚げにいくところですという。それで一緒に崖の坂を下り、公園へ入って行きながら、「プーさんの大あらし」のなかにどんなふうに凧が出て来るのかと訊いてみた。

次男の説明によると、こうだ。風の強い、大あらしの日で、コブタ(「クマのプーさん」の

登場人物の一人である）が風に吹き飛ばされそうになる。プーさんがコブタの首に巻いているマフラーをつかむと、つかんだマフラーの毛糸がほどけて伸びて行き、コブタは凧のようになって空に舞い揚る。そういう場面が出て来る。

本当ならそんなこと、ないんだけど。いくらコブタが小さくて身が軽いとしても、マフラーの毛糸が凧糸になって身体が空に揚るわけはないんだけどと、次男はいった。

イギリスのA・A・ミルン作「クマのプーさん」のなかに、カンガの子供のルーをとりこにする計画をたてる話が出て来る。森の砂地でカンガがルー坊を遊ばせているところへやって来たプーさんとウサギとコブタは、ルーが砂の上でジャンプの練習をするところを見物する。プーさんが得意の詩を朗読したりしてカンガの注意を惹きつけている間に、隙をねらってコブタはカンガの空いているおなかのポケットに飛び込む。そして、ウサギがルー坊を抱いて逃げ出す。

こんな離れ業が出来るくらい、コブタは小さくて、身が軽いのである。

なぜコブタが凧そのものになって空に揚ったかという説明を次男がしているうちに、私たちは誰もいない公園へやって来た。

そこで次男は持っていた凧糸の端を凧に結びつけた。凧には筆で「風」という字が書いてあった。ところが、私たちが崖の坂道を下りて公園へ来るまで、頼みの風は少しも吹いて来なかった。よく北風がまともに吹きつける崖の坂道でも吹かなかったし、野球場のグラウンドでも吹かなかった。

ミサヲちゃんが凧を持ち、次男が外野からホームの方へ向って走る。凧を持ったミサヲちゃんが、自分も一緒に走るのですかと心配そうに訊いた。いや、走らなくていい、凧を離すだけでいいんだと次男がいう。

凧糸を持った次男が走り出した。凧は地面の少し上を、あとを追いかけるように走るだけであった。やり直し。次に次男はまた試みた。物凄い勢いで走ったが、少しも揚らない。凧は次男のあとについて地面の上低いところを走っただけ。フーちゃんがお父さんと凧のあとを追っかけて駆けて行った。

「風が無いから駄目だね」

引返して来た次男はいった。

「弁当にしよう」

次男とリュックサックを背負ったミサヲちゃんとフーちゃんの三人は、ベンチの方へ歩き出した。

「何の弁当を持って来てるの」

「海苔かつ弁当」

と次男がいった。かつおぶしをかけた上に海苔をのせたお弁当だ。これから散歩に行く私は三人と別れて浄水場に沿った道の方へ出た。

散歩を終って帰って来る途中、買物の包みをさげ、リュックサックを背負った次男とまた会った。ミサヲちゃんとフーちゃんもいて、一緒に帰る。

崖の坂道の下まで来て、フーちゃんはミサヲちゃんにおんぶして貰った。

坂の途中で、道ばたにたんぽぽが咲いているのを見つけた。土留の御影石の石垣の隙間から生えたたんぽぽである。フーちゃんは、その度にミサヲちゃんにかがんでもらって、たんぽぽにさわる。花を摘むのかと思ったら、そうではない。指でそっとさわるだけ。

ミサヲちゃんがいうには、

「可愛い、可愛いと、なぜなぜしてゆく」

のである。

それにしても、十何キロもの目方があるフーちゃんをおぶった上に、たんぽぽの咲いているところへ来る度にいちいちかがみ込まなくてはいけないミサヲちゃんは、大変だ。

今回は、前に「蛇使い」を取り上げた佐藤春夫編『支那文学選』から魯迅作「ふるさと」を紹介したい。その前に李白の「黒い帽子をくれた友達に」という詩を一篇、読んでみることにしよう。

黒い帽子をくれた友達に

李白

黒い帽子をいただきました。
なるほど白頭巾《ずきん》よりぐあいがいい。
田舎爺《いなかおやじ》は鏡も見ぬが、
坊やがよく似合うと申しましたよ。

「お父さんが新しい帽子をかぶったのを見て、珍らしがっている坊やの姿が目に浮ぶでしょう」と、李白のこの大らかな詩を取り上げた佐藤春夫はいっている。では、「ふるさと」に移ろう。

僕はきびしい寒さをものともせず、二千里の遠方から二十余年ぶりで故郷《ふるさと》へ帰った。冬も最中《さなか》になった頃、やっと故郷へ近づいた折から、お天気は陰気なうす曇り、つめたい風は船室のなかまで吹き込んで来て、ぴゅうぴゅうと音を立てている。船窓から外を覗いて見ると、どんよりした空の下に、あちらこちらに横たわっているのは、みじめな見すぼらしい村であった。活気なんてものはてんであったものではない。僕の心にはおさえ切れないなさけなさがこみ上げて来た。

ああ、二十年このかた忘れる日とてもなかったわがふるさとは、こんなところであったろうか。

「ふるさと」は、こんなふうな書出しで始まる。なおこの一篇の終りに訳者の佐藤春夫は、「これは魯迅という近代の支那が生んだ最も大きな文学者の書いた『故郷《ふるさと》』という短い小説を年の若い皆さん方に読んでもらうために、途中の一節と最後の理屈っぽいところなどを略して、二人の幼な友達の話だけを主にしたのです」

としるしている。また、「蛇使い」同様、「エイヴォン記」の例にならって現代仮名づかいに直させて頂いたことをお断りしておきたい。

わが心に残っている故郷は、まるでこんなところではなかった。故郷にはいいところがどっさりあった筈である。その美しいところを思い出してみようと思い、その好もしい点を言ってみようとすると、僕の空想は消えてしまって、現わす言葉も無くなって、やっぱり目の前に見るとおりのものになってしまう。そこで僕は自分に言って聞かすには、故郷はもともとこんなところであったのだ。昔より開けているというのでもないが、それかといって僕が今感じるほどさびれたところでもない。これはただ自分の心持が変ってしまっただけのことなのだ。というのは、自分が今度故郷へ帰って来たのは、決して上機嫌で来たのではないのだから。

僕は今度は故郷に別れを告げるために来たのである。僕たちが何代かの間、一族が寄り合って住んでいた古い屋敷がもうみんな人手に売り渡されてしまって、明渡しの期限は今年一杯だけだから、僕らは是が非でも来年の元日にならないうちにこの馴染深い古家に別れ、また住み馴れた故郷の地を離れ、家を引払って僕がくらしを立てている土地へ引越してしまわなければならないことになっている。

次の日の朝、僕は自分の屋敷の門口へ来た。屋根瓦の合せ目にはちぎれ残った枯れ草が風に吹きさらされながら生えて、この手入れの行届かぬ古家が持主を代えなければならない原因を説きあかし顔であった。あちらこちらの部屋部屋にいた親戚たちは、多分もう引越しを済ましたものらしく、大へんひっそりとしていた。僕が自分の住いになっている部屋へ近づいたら、母は早くも僕を待ち受けていて出て来た。それにつづいて飛び出して来たのは八つになる甥の宏児《こうじ》であった。

母は大へん機嫌がよかったが、それでも浮かないような気色はありありと見えた。僕に腰をおろさせ、休ませ、お茶をくれて、しばらくは家を片づける話も出なかった。宏児はまだ僕を見知らなかったものだから、そばへ寄りつかないで、まじまじと僕の顔を見入っているのであった。

さて、母と僕とはいよいよ家を片づける相談を始める段になった。僕はもう新しい住居は借りておいてあるし、道具類もいくらかは買ってあるが、その外に、この家にある木の道具類を売り払ってしまって、そのお金で買い足すといいと言うと、母もそれがいいと言う。そうして荷作りも大方は済ましているが、木の道具類で持ち運びに不便なものは、たいがい売ってしまった。けれども、まだお金は貰っていないと話してから、

「お前、一日二日身体を休めたら、近しい親戚たちを一度お訪ねして来て、その上で引き上げることにしようよ」

と母が言った。

「はい」と僕が返事をすると、母はまた言い出した。

「それからあの閏土《じゅんど》だがね。あれはうちへ来る度毎に、いつもお前のことを聞くよ。大へんお

前に会いたがっていてね。わたしはお前の帰って来る日取を知らせておきましたから、あれも今に直ぐ会いに来ましょうよ」

この時、僕の頭には、ふと一つの風変りなふしぎな絵のような有様が思い出されて来たものである。紺青色の空にまんまるな月が出ていて、その下は海岸の砂地で、見渡すかぎり一面に、すがすがしい西瓜が植っている。その中に、ひとり十一二の少年が頸に銀の頸飾りをかけ、手に刺股《さすまた》を一本用意して、ツァという西瓜畑を荒しに来る奇妙な獣を刺そうとして一所懸命に構えているのに、ツァは身をかわして彼の股ぐらの下をすり抜けて逃げてしまっているところであった。

この少年こそは閏土であるが、僕がはじめて彼を知ったのはまだ十《とお》かそこらのときであった。今からもう三十年も経っているであろう。その頃は僕の父もまだ達者で、家もまだ盛んにやっていたから、僕もまあ坊っちゃんであった。その年は僕の家で一族の祖先の大祭をする順番の年に当っていた。

このお祭というのは三十年以上も経って、やっと一度順番が来るというので、それだけに大へん鄭重にされ、お正月中に祖先の像を祭るのであった。お供えものも頗る多いし、祭器も頗る吟味する。お参りする人もまた多い。そこで、祭器も盗まれない用心が最も必要であった。僕の家にはただ一人の忙月《ほうげつ》（手伝い人）がいた。いったい僕の郷里（浙江省紹興）では、人

う
に雇われる者は三通りに別れていて、まる一年、一定の家で働くのを長年（常やとい）とい
し、その日その日で働くのを短工《たんこう》（日やとい）といい、自分で耕作をする片手間に、年越しや
節句の祝いや小作米を集める忙しい時にだけ一定の家に雇われて働くのを忙月というのである。
この時、祖先のお祭であまり忙しすぎるというので、この手伝い人が僕の父に向って、自分の
子の閏土を呼んで来て祭器の番をさせては、と申し出た。
　父も賛成したので、僕は大そう喜んだ。僕はかねがね閏土の名は聞き知っていた。年も自分
と殆ど同じくらいだとも知っていた。閏《うるう》の月に生れて、誕生の年月日時刻などに、五行《ごぎょう》（註・
天地万物を組立てている五つの重要な気。木、火、土、金、水の五つ）のうち土が欠けていた
というので、それを補う意味で、彼の父が閏土と名づけたのであった。彼はおとしをかけて小
鳥を捕えるのが上手だということであった。
　僕は父と忙月との相談のあったこの日から毎日毎日新年を待ち遠しがった。新年が来さえす
れば、閏土も直ぐにやって来る。やっとの思いで年の暮になった。或る日のこと、母が僕に閏
土が来たと話したので、僕は直ぐに飛んで行って見た。彼は台所にいた。赤い色の丸い頰をし
て、頭には小さなフェルトの帽子をかぶって、頸にはキラキラと光る銀の頸輪《くびわ》をしている。こ
れを見ても彼のお父さんが彼を十分に可愛がっていることは分るのだが、彼が死なないように
と、神様や仏様に願をかけ、この頸輪をさせて彼を未来の世界へ行かないようにと引き留めて

いるのであった。閏土は大そう人見知りをする子であったが、僕だけはこわがらないで、そばに人のいない時は僕と口を利いた。そうして半日も経たないうちに、僕たちは直ぐに仲よしになったのであった。

僕たちがその時どんな話をし合ったことであったやら、大かたは忘れたが、ただ閏土が都市へ来て、今まで見たこともなかったさまざまなものを見たといって、はしゃいでいたことだけはよく覚えている。

次の日、僕が彼に鳥を捕ってくれないかというと、彼が言うには、

「それは駄目だ。大雪の降った時でなきゃいけないよ。おれたちの方の砂地に雪が降ったら、おれは雪をかき分けて空地を少しこしらえ、短い棒でもって大きな平笊《ひらざる》を支えておいて、もみがらを撒くのだ。そうして小鳥どもが食いに来るのを少し離れたところで見張っていて、地面に立てている棒に結びつけてある糸をちょっと引くと、小鳥どもは、竹笊のなかへ伏せられてつかまってしまう。鶉《うずら》だの、椋鳥だの、藍背《あいぜ》だの、何でもとれるのだぜ」

そこで、僕は雪が降ってくれればいいとしきりに思った。

閏土は僕に向って言うのに、

「今は寒いけれど、お前、今度、夏おれたちの方へ来るといいな。おれたちは昼間は海辺へ行って貝がらを探すのだぜ。紅いのやら青いのやらいろいろあるよ。『鬼おそれ』というのもあ

るし、『観音様の手』もあるし、夜になると、お父っちゃんについて西瓜畑へ番に行くのだ。お前も行こうや」

「泥棒の番をするの?」

「うんにゃ、通りがかりの衆が水気が欲しくなって瓜を一つ取って食うなんてのは、おれたちの方では泥棒のうちには数えねえや。番をしなきゃならないのは穴熊や針鼠やツァだ。月の明るい時に、ガリガリガリガリという音が耳に入ったら、そいつあ、ツァの奴が西瓜を齧っていやがるのだ。だから、すぐに刺股を構えて忍び足で進み寄ってさ。……」

僕はこの時、この話にいうツァというのは、どんなものだか知らなかった。今日だって知ってはいない。ただ何となく小さな犬みたいなもので、大へん兇猛な奴のような気がしているのだけれど……。(註・ツァというのは西瓜畑へ出るといい慣わされている、土地の人たちの空想の上だけにある獣)

「そいつ、人に咬みつかないの?」

「刺股を持っているじゃねえか。進んで行って、ツァの奴を見つけ次第、直ぐやっつけちまうさ。あん畜生、そりゃ利口な奴だから、人間の方に向って突貫して来やがって、そして股ぐらの下からすり抜けて逃げてってしまうのさ。あいつの毛と来たら、まるで滑っこくって油みたいだものなあ……」

その日まで、僕は天下にこうも沢山に珍しい物事があろうとは、まるで思いも及ばなかった。海辺にはそんなに五色の貝がらのあることや、西瓜にそんな危っかしい身の上話のあろうなんてことは夢にも思い及ばない。僕はその前までは、西瓜はただ八百屋の店先に売り出されて退屈しているだけのものだとばかり思っていた。

「おれたちの方の砂浜にゃ、潮がさして来ると、『跳魚《はねうお》』がもうどっさり跳ねているぜ。みんな蛙みたいに足が二本あってね」

ああ、閏土の心のなかにはなんと無限に珍しいことがあるらしい。そうしてそれはみな、僕や僕の友達の誰だって知らないことばかりなのだ。閏土は浜に住んでいるのに、僕の友達は皆僕同様にただ邸のなかに住んでいて、高い塀の上の四角な空ばかり見ているだけなのである。

惜しくも正月は過ぎ去ってしまって、閏土は家へ帰って行かなければならなくなった。僕は悲しくなって大声を上げて泣き出した。彼も台所のうちへ姿を隠してしまい、声を上げて泣いて僕の家から出ようとしなかった。しかし、おしまいには彼の父に連れられて行ってしまった。彼は帰ってから彼の父にことづけて貝がらを一包みと大へん美しい鳥の羽根を何本かとを僕に送ってくれた。僕も一二度、彼にものを送ったことがあった。だが、それっきり二度と顔を合せたことはなかった。

今、母が彼のことを言い出したものだから、僕は子供のころの記憶が不意にすっかり稲光で照し出されたように心の中に浮び上って来た。そうして故郷も昔ながらの美しいものになって来た。僕は、今に閏土が来ると言った母の言葉に答えた。

「それはうれしい。それで閏土はその後どんな様子でしょうか」

「あれ？　あれも景気がどうも思わしくないようで」

母はそう言いかけて外を見ながら、

「誰か人が来たようだね。道具を買いたいというのでしょうが、あわよくば持ち逃げするのですよ。わたしは行って見て来ますからね」

母は立って出て行った。戸外には幾人かの女の声がしていた。僕は宏児を招いて自分の前に来させ、ひまつぶしに相手にしていた。字は書けるか、と問うてみた。それから他郷《よそ》へ行くのがうれしいかどうか問うてみた。

「汽車に乗って行くの？」

「うん、汽車に乗って行くのだよ」

「お船は？」

「はじめは船に乗ってね……」

ではこの辺で七月で満三歳になる孫娘の文子のことをちょっと報告しておきたい。

凧を揚げに公園へ行った帰りに次男とミサヲちゃんと一緒に家に寄った日のこと。

こちらはいつものパンの昼御飯を食べ、フーちゃんたちにはメロンを出した。メロンを食べ終ったフーちゃんは、

「おうた」

という。妻は書斎へ行って、「サッちゃん」のレコードをかける。フーちゃんは、ソファーで聴く。

妻の話。フーちゃんがソファーに横になって「サッちゃん」のレコードを聴いていたら、目の前の硝子戸の外に、脚立に乗って仕事をする塗装屋さんの脚が不意に現われ、フーちゃんがびっくりした。(その頃、塗装工事のために職人が四日ほど、続けて来ていた)

「おうた」を聴いたあと、

「かくれんぼ、しよう」

とフーちゃんがいい出した。

妻がフーちゃんとジャンケンをして鬼になる。書斎で、もういいかいと妻がいう。フーちゃんはお父さんと一緒に、もと長女の勉強部屋であった部屋に隠れる。

「フーちゃんはどこかな？　この部屋かな？」

と聞えるようにいいながら、妻はだんだん近づいて行き、見つける。

ジャンケンをして今度も妻が鬼になる。次男とフーちゃんは六畳の押入れのなかに隠れる。フーちゃんは見えないが、次男は入り切れなくて外からまる見えになっている。たちまち妻は見つけた。

お隣りの奥さんからおもちゃの「おしゃれバッグ」を頂いた。さくら色のプラスチックの手さげのなかに、櫛、ブラシ、鏡などの化粧用具とブローチ、腕時計、腕輪などの装身具が透いて見えている。妻は、これはフーちゃんに上げようといっていたら、いい具合に昼前、ミサヲちゃんが、今日はといって庭から入って来た。栃木の実家から届いたタラの芽を持って来てくれたのであった。ただし、私と妻が月に一回、病院へ薬を貰いに行く日で、昼から出かけるのを承知しているミサヲちゃんは、タラの芽だけ渡して、家には上ろうとしない。妻が門まで送って出て、おしゃれバッグのことをいったら、外へ出かけていたミサヲちゃんの足が止った。

そこへ昼前の散歩から私が帰って来た。おしゃれバッグをフーちゃんに渡すために、ちょっとだけミサヲちゃんに上って貰った。

念のために附加えると、四年前に脳出血で入院した私は、今はすっかり元気になっているが、月に一回、病院へ行き、診察を受け、薬を貰って来る。毎日、規則正しく散歩を続けているのも、健康を立て直すための大切な日課なのである。

妻が図書室に置いてあったおしゃれバッグを持って来て、フーちゃんに渡した。それからフーちゃんの前でバッグを開けて中のものを取り出して見せる。先ず腕時計を巻いてやる。ブラシ、櫛、鏡、腕輪を出し、腕輪をフーちゃんの手にはめてやる。

フーちゃんはよろこび、バッグを前にして、

「フーちゃんの?」

と訊く。これが本当に自分のものなのか、信じられないという声だ。何回、「フーちゃんの?」といったか分らない。

その間に妻がメロンを出した。こちらはいつもの昼のパン定食を食べる。ところが、あのメロンの好きなフーちゃんが、メロンに手を出そうとしない。

「メロン、食べないの?」

とミサヲちゃんにいわれて、はげしく頭を振る。髪の毛が揺れて顔が見えなくなるほど振った。メロンなんか食べていられない、というのだろう。

「お使い、行こう」

という。ミサヲちゃんはタラの芽を届けたら、すぐ買物に行くつもりで出かけて来たのであった。フーちゃんは、早くこのバッグを手にさげてお使いに行きたい。バッグを持って二三回、靴を脱いだところへ行った。早く家へ帰って自分で中のものを取り出して遊んでみたいのだろ

う。こちらも病院へ行く時間が迫ったので、急いで支度をした。

夕方、あつ子ちゃんから妻に電話がかかって来た。ミサヲちゃんに糠と一緒にことづけた頂き物の竹の子を、いまお鍋で茹でましたという報告とお礼の電話であった。その竹の子をミサヲちゃんが届けるとき、フーちゃんがついて来た。おしゃれバッグの腕時計を早速、手にはめて貰っていた。

「いいねえ。腕時計はめてるの、フーちゃん」

とあつ子ちゃんがいった。

「いま、何時？」

すると、フーちゃんは自分の時計を見て、

「なん時？」

といった。

「本当の腕時計のように作ってありましたね」

とあつ子ちゃんは感心していた。

一家で（南足柄の長女も参加して）日比谷の劇場へ宝塚歌劇団花組の公演大浦みずきとひびき美都の「会議は踊る」を観に行った。その翌日のことだ。

昼前の散歩の帰り、浄水場の横の道でフーちゃんを連れてこれから買物に行くミサヲちゃんに会った。

「昨日は御馳走さまでした」

とミサヲちゃんがいった。宝塚を観たあと、銀座でお汁粉の店へ入ったり、日比谷公園を散歩したりして、夕方からニュートーキョーの二階の小さな畳の部屋で食事をした。これには会社を早引けした長男と、ミサヲちゃんが宝塚を観られるように休みを取って、家でフーちゃんと留守番をしていた次男も参加して、全員が集合した。そうして、切符の世話をしてくれた友人のS君とともに、うどんしゃぶしゃぶの鍋を囲んだ。ミサヲちゃんがお礼をいったのは、その会食のことを指す。

フーちゃんが恥かしがってミサヲちゃんのうしろに隠れる。

「昨日、会ったのに」

とミサヲちゃんがいう。

前の日、自分だけ取って貰ったような重を家から持参した、ミッキーマウスの絵入りの、スプーンと組になった大きなフォークで食べてしまったあとは、長女が箸袋で作ってくれた「ボート」で暫く遊んでから、部屋の外へ出て、妻やあつ子ちゃんや長女を相手にかくれんぼをしたフーちゃんである。

「帰りに寄って」

とミサヲちゃんにいって別れる。

昼御飯が終ったところへ、ミサヲちゃんとフーちゃんが庭から入って来た。来るなりフーちゃんはいつもの乳酸飲料を二本、ストローで飲んだ。図書室で暫く妻が歌をうたいながらまりつきをしてフーちゃんに見せた。それからかくれんぼをする。かくれんぼのあと、もと長女の勉強部屋であった部屋で少し絵をかいてから、妻が新しい画用紙を一冊、フーちゃんに上げた。

画用紙を抱えて帰ろうとしているところへ玄関の呼鈴が鳴った。清水さんであった。妻がすぐに玄関へ出た。その前、妻は清水さんのところへ、親戚の夕食会に出席してから朝早く宝塚のホテルを出て東京へ帰った友人のS君から貰った宝塚の乙女餅に「会議は踊る」のプログラムを添えて持って行ったが、清水さんは月に一回の定期検診のために近くの大学病院へ出かけて留守であった。病院へ行く日で留守と分っていたので、書いて行ったメモを紙袋に入れて、ドアの把手にさげておいた。メモには、宝塚の乙女餅を頂きましたので、お裾分けしますと書いておいた。

「有難うございました」

と清水さんはいった。

「病院へ行っていました。プログラムも頂いて……」

足もとに置いた水色のバケツに、花みずき、ダッチ・アイリス、蕾のチューリップ（淡紅色と紫）が、家へ持って帰る花の開き切った、大きなチューリップと別にして入れてあり、たいつり草三本と山吹の花を手に持っていた。

「花みずき、おありでしょう」

と清水さんがいった。

「欲しいんですけど、無いんですよ」

妻がそういったところへ庭からミサヲちゃんとフーちゃんが出て来た。

「あ、今日は。たいつり草上げましょう」

と清水さんはいって、たいつり草をミサヲちゃんに渡した。

「しおれてます。すぐ水につけて下さい」

それからダッチ・アイリスを一本、上げた。

「これ、何というんですか」

とミサヲちゃんが訊く。

「ダッチ・アイリス」

上に花、下に蕾がひとつ附いている。

「この上の花を切ったら、下の蕾がまた咲きますから」

と清水さん。二人が話している間、フーちゃんはバケツの中のチューリップを見ていた。

「フーちゃん、チューリップ上げようか」

と清水さんがいった。

「うちにも咲いてますから」

ミサヲちゃんは遠慮してそういった。妻も、

「庭に植えていますから」

といったが、清水さんは、

「これ、一年生のチューリップですから、フーちゃんに上げます」

どうして、一年生のチューリップといったのか、分らない。さいた、さいた、チューリップの花がという唱歌を一年になったら習うからだろうか。フーちゃんが、うんといった。清水さんはバケツから赤と白と二本、花の開いた大きなのを取って、フーちゃんに渡した。ミサヲちゃんに、

「お礼は？　ありがと、は？」

といわれて、フーちゃんは、

「ありがと」

といった。

この時、私は書斎の硝子戸から外を見たのだが、フーちゃんは、赤と白の大きなチューリップを一本ずつ顔の前にそっと近づけるところであった。

妻が、

「フーちゃん、いいの貰ったね。またお出で」

というと、新しい画用紙を抱えて、チューリップを二本持って、階段を下りて行った。「有難うございました」といって、ミサヲちゃんも下りて行った。

では「ふるさと」の続きを読むことにしよう。

三四日経って、或る大へん寒い午後であったが、僕はお昼御飯を済ませて、まだ座を立たないでお茶をすすっていた時、誰やら表から家に入って来たような気がしたので、振返って見た。そうして思わず大へんに驚き、慌てて立って迎えに出た。

この時来たのが閏土であった。僕は一目見て分るには分ったが、自分の記憶に残っている閏土とは大違いであった。彼の身の丈は倍にもなり、以前の紅くまるまるしていた頬は、もう灰色じみて黄色に変り、おまけに大そう深い皺があった。目附は彼のお父つぁんにそっくりで、そのぐるりは腫れぼったく赤くなっていた。これは海辺で耕作する人は一日中潮風に吹かれるので、大ていこんな風になることは僕もよく知っていた。彼は頭にはフェルトのきたならしい帽子をかぶり、身には一枚の極く薄い綿入れを着て身体はすっかり縮こまっていた。手には一つの紙包と一本の長い煙管《きせる》とを持っていた。その手は、僕の覚えているところでは、血色のいいまるまると肥えたものであったが、今ではざらざらに荒れ、ひびわれた松の木の皮のようになってしまっている。

僕はこの時大へん興奮して、何と言っていいのか分らなかったので、ただ言った。

「や、閏《じゅん》さんか。よく来たね……」

僕には続いて語り出したいことが沢山あった。考えは珠数つなぎに、あとからあとから湧き出して来る。鶉だの、跳魚だの、貝がらだの、ツァだの。……しかし、何やら打解けるのを妨げるものがあるような気がして、頭のなかは動いていながら、口にして言い出すことが出来なかった。

彼は突っ立ったままでいる。顔にはよろこばしさに雑《まざ》って打解けない表情があった。唇は動かしていたが、声には出さなかった。彼の態度は堅苦しいものになって、はっきりと叫んで言うには、

「旦那さま」

僕は身震いが出た。僕は直ぐに悟ったが、我々の間には、もはや困った悲しむべき厚い石垣

が出来てしまっているのであった。私も何も話さなかった。

彼は振り返って言うには、

「水生《すいせい》や、旦那さまに頭を下げないかい」

そこで、後ろに身を隠していた幼な子を引き出して抱き上げた。それはそっくり二十年前の閏土で、ただ少し顔色が悪く痩せて、頸には銀の輪飾がないだけであった。

「これは五番目の子供でございますが、人さまの前へ出たことがありませんので、びくびくものでおどおどしています……」

母と宏児とが二階から下りて来た。多分、私たちの声を聞きつけて来たのだろう。

「大奥様、お便りを有難うございました。わたくしはもう嬉しくて嬉しくて仕様がないのでございますよ。旦那さまがお帰りだと承りましたものですから」

と閏土が言った。

「これ、お前さんは何だってそんな他人行儀な言い方を。お前たちは、以前は兄弟同士で話し合っていた仲ではないか。『迅《じん》ちゃん』と昔の通りに呼べばいいではないか」

母が愛想よくこう言うと、

「おや、大奥様、飛んでもない。……どうしてそんなことが出来ますものか。あのころはほんのがきでしたので、何のわきまえもございませんでしたので」

閏土はこう言って、またも水生を呼んで僕にお辞儀をさせようとするのだけれども、その子はただはにかむだけで、しっかりとかじりついて彼のうしろに隠れている。

「それが水生かい？　五番目の子だね。みな見知らないひとばかりだもの、恥かしがるのも無理のないわけさ。これ宏児や、あの子を連れて行って外で遊ばしておやり」

と母が言った。

言われて宏児が水生を招くと、水生はいそいそと宏児に連れられて出て行った。

母は閏土に座席をすすめたが、彼はただもじもじしていて、おしまいになってやっと腰を下して長い煙管をテーブルわきにもたせかけ、紙包を差出して言うには、

「冬はこんなものきりしかございません。これは青豆を乾したものですが、うちでこしらえたものでございます。どうぞ、旦那様」

僕は彼に暮し向きのことを問うた。彼はただ頭を振るだけであった。

「とてもひでえものです。六番目のやつまで手助けをしてくれますが、それでもとても食っていけません。……それに世の中がよく治まっていないものですから……。どちらを向いても銭は取られるし、きまった掟《おきて》はなし、収穫がまた駄目なところへ、ものを作ってそれを売りに出せば、何度でも税金を取り立てられて元は切れてしまいます。といって売らないでおけば腐らしてしまうだけですし」

彼はただ頭を振り続けるだけであった。顔には深い皺がいろいろに刻まれているが、まるで動かず、石像か何かのようであった。彼は多分、苦しさをしみじみと感じてはいるであろうが、しかし、それを言い現わすことも出来ないのか、しばらく黙っていた。そうして煙管を取り上げ、むっつりと煙をふかしていた。

母が彼に問うと、家には用事が沢山あるとかで明日は帰るという。また、まだ昼飯を食べていないというので、自分で台所へ行って飯をこしらえて食べるように言った。

彼が出て行ってから、母と私とは彼の暮し向きを歎いた。子沢山で、不作続き、税金はきびしい。軍閥、物取り、お役人方、旦那衆、皆寄ってたかってあのでくのぼうみたいな男ひとりを苦しませているのである。

母が僕に言うには、わざわざ運んで行くにも当らないほどのものは、何でも彼にやるがいい、欲しいものを彼に選ばせることにしよう。

午後、彼は気に入ったものをいくつか選り出した。長いテーブルが二つ、椅子が四つ、一揃いの香炉と燭台と、一本のかつぎ秤《はかり》。彼はまた藁灰をそっくり欲しいというのであった。僕たちの郷里では飯をたく時は藁を燃すのだが、その灰が砂地の肥料になるのである。僕たちの出発する時が来たら、彼は船をまわして積んで帰ると言った。

夜、僕らはまだいろいろな話をしたが、これは別に用もないことばかりであった。その翌日の朝早く、彼は水生を連れて帰って行った。

また九日ほど経った。この日が僕らの出発の日であった。閏土は朝早くから来た。水生は連れて来ないで、その代りに五つになる女の子を連れて来て、船の番をさせていた。僕らは一日中大へん多忙で、もう話をしているひまも無かった。来客も少くなかった。見送りの人もあったし、物を取りに来た人もあった。見送りと物取りとを兼ねているのもあった。夕方になって僕らが船に乗る頃になったら、この古家のなかにありとあらゆる種類のがらくたものは、もう早や一つ残らずきれいに片づいてしまっていた。

僕らの船は進んで行った。両岸の山々は夕方のうすら明りのなかで青黒くつぎつぎに現れ出て来ては、船の後の方へ消えて行ってしまうのであった。

宏児は僕と一緒に船の窓によりかかって外のぼんやりした風景を眺めていたが、不意に問うのであった。

「伯父さん、僕らはいつになったら帰って来るの？」

「帰って来るって？　お前はまだ行きもしないうちから何だって帰って来ることなど考えているの？」

「だって、水生に、うちへ来て遊んでくれと言われているんですもの」

彼は大きな黒い瞳をぱっちりと見開いて、頑是《がんぜ》なく考え込んでいるのであった。

最終回の稿を書き上げた頃、清水さんが一番咲きの薔薇を揃えて届けてくれた。その花束と別に、蕾のふくらんだエイヴォンを一本、渡してくれた。

妻は早速、そのエイヴォンを書斎の机の上の花生けに活けた。私はその前に坐った。

「間に合せて咲いてくれて、有難う」

といいたかった。

この前、妻と一緒に清水さんの畑へ行ったとき、エイヴォンを見たら、小さな蕾をつけていた。数えると、七つあった。そのうちの、いちばん早く大きくなったのを、清水さんは持って来てくれたのであった。


〔『エイヴォン記』1988年8月〜1989年7月「群像」初出〕

# あとがき

連載の随筆の第一回目を書き出そうとしているときに近所の清水さんから頂いた薔薇のなかにひとつ赤い薔薇が入っていて、妻が名前を尋ねると、エイヴォンというのであった。花も花の名前も気に入って、書斎の仕事机の上の小さな花生けに活けてもらったのが始まりであった。これからどんなことをどんなふうに書いてゆけばいいか分らないでいた私は、この清水さんから頂いた、イギリスの田舎を流れる川と同じ名前のエイヴォンにすがって、題を「エイヴォン記」とした。

エイヴォンにすがって、エイヴォンに導かれるがままに始めたこの長篇随筆の、柱になってくれたのが、年老いた夫婦二人きりで暮しているこの「山の上」の家に母親に連れられ、ときには父親と一緒に現れて、私たちを楽しませてくれる小さな孫娘であった。この孫娘が私たちの家へどんなふうにしてやって来て、どんなことをして遊んで、帰って行ったかを私はよろこびをもって書きとめた。畑で丹精した薔薇やそのほかの花に野菜を添えて度々、届けて下さる清水さんは、もう一つの大切な柱であった。

これまでに私が読んだ本のさまざまな物語が、また、私を毎回助けてくれた。それらは、みな縁があって私の手に入った本であった。戦後間のない頃に古本屋で見つけて、よろこび勇んでかかえて帰った中村白葉訳『チェーホフ著作集』のごときは、カバーがすり切れて、セロテープを貼って何とかばらばらになるのを免れている。そんな本も、「エイヴォン記」の私のために力になってくれた。これらの本は、役目を終って、本棚の、あるいは本棚の前の、もとあった場所へ帰る。イギリス、アメリカ、フランス、ロシア、中国の、物語を提供してくれた作者とその日本語訳の訳者に感謝を贈りたい。

一回目の「ブッチの子守唄」が『群像』に載ったのが一九八八年八月、最終回の「ふるさと」が載ったのが一九八九年七月。いま、私が「あとがき」を書いている机の上の花生けには、一昨々日の夕方、清水さんが届けてくれたエイヴォンが活けてあり、新しい本の出発を見送ってくれている。

一九八九年七月

庄野潤三

（お断り）

本書は1989年に講談社より発刊された単行本を底本としております。

あきらかに間違いと思われるものについては訂正いたしましたが、基本的には底本にしたがっております。また、一部の固有名詞や難読漢字には編集部で振り仮名を振っています。

本文中には土人、野蛮人、作男、百姓、手伝い人などの言葉や人種・身分・職業・身体等に関する表現で、現在からみれば、不当、不適切と思われる箇所がありますが、著者に差別的意図のないこと、時代背景と作品価値とを鑑み、著者が故人でもあるため、原文のままにしております。

差別や侮蔑の助長、温存を意図するものでないことをご理解ください。

庄野潤三（しょうの じゅんぞう）
1921年（大正10年）2月9日—2009年（平成21年）9月21日、享年88。大阪府出身。1955年『プールサイド小景』で第32回芥川賞を受賞。「第三の新人」作家の一人。代表作に『静物』『夕べの雲』など。

# エイヴォン記

2020年2月18日　初版第1刷発行
2024年11月6日　第5刷発行

著者　庄野潤三
発行人　石川和男
発行所　株式会社　小学館
〒101-8001
東京都千代田区一ッ橋2-3-1
電話　編集　03-3230-9355
販売　03-5281-3555
印刷所　大日本印刷株式会社
製本所　大日本印刷株式会社
装丁　おおうちおさむ（ナノナノグラフィックス）


ISBN978-4-09-352385-1

P+D BOOKS